浙江省哲学社会科学培育研究基地浙江师范大学儿童研究院省社科联课题成果（编号：2015JDN11）

20世纪80年代
中国儿童小说史论

齐童巍 著

中国社会科学出版社

图书在版编目(CIP)数据

20世纪80年代中国儿童小说史论/齐童巍著.—北京:中国社会科学出版社,2016.8

ISBN 978-7-5161-8411-0

Ⅰ.①2… Ⅱ.①齐… Ⅲ.①儿童文学—小说史—研究—中国 Ⅳ.①I207.8

中国版本图书馆CIP数据核字(2016)第138277号

出 版 人	赵剑英
责任编辑	王 琪
责任校对	胡新芳
责任印制	王 超

出 版	中国社会科学出版社
社 址	北京鼓楼西大街甲158号
邮 编	100720
网 址	http://www.csspw.cn
发 行 部	010-84083685
门 市 部	010-84029450
经 销	新华书店及其他书店

印 刷	北京明恒达印务有限公司
装 订	廊坊市广阳区广增装订厂
版 次	2016年8月第1版
印 次	2016年8月第1次印刷

开 本	710×1000 1/16
印 张	12.25
插 页	2
字 数	146千字
定 价	48.00元

凡购买中国社会科学出版社图书,如有质量问题请与本社营销中心联系调换
电话:010-84083683

序

你　们

梅子涵

　　每年招收学生，每年送别学生，他们跟着我学习三年，成为硕士和博士。分别的夏天，我们总要一起吃顿饭，我不让他们请我，而是我请他们，他们说要谢谢老师，可是我说要谢谢他们。他们选择我当导师，我倍感荣幸；他们听我讲课，把我讲的那些未必正确、未必有用的话一字一字地写上本子，记在心里；我写出的文章，出版的书籍，他们买了读，还骄傲地告诉别人，这是他们导师写的；我用我的一点儿完全不够的知识和艺术引导他们，他们用幼稚、干净、无比年轻的热情和灵感围绕着我，我在他们面前得到的快乐和鼓励是那么充分和由衷，我在很多别处的暗淡和失落，他们总是用不被察觉、最细腻的方式为我收拾，他们完全不知道，我其实非常依赖他们，在他们面前，我心里非常亮，非常安全，他们也是牵着我的手行走和成长，我被他们爱惜，因而也学习着更像一个导师。

　　刚才又是一次告别前的聚餐。围坐在我研究所的桌前。这是我和他们上课、讨论、说过许多开心话的地方。菜很朴素，心里也都很朴素，还有最朴素的生煎馒头。在讲课和听课的地方，这基本就是这一生最后一次的围坐了，一个不缺，通通到齐，明天，他们各自奔往最远的北方，最远的南方，然后，他们需要继续努力，然后就结婚了，有了孩子和操劳，有了年岁的飞快的增长，而我也飞快老去，再要这样约一个夜晚或白天归拢来安静坐下，吃朴素的菜，吃最朴素的上海生煎，天真地嘻嘻笑起来，没有可能了。

我平时上课，休息的时候，会兴奋地拿出钱，让他们去不远的路上买那著名的生煎，我的这个小小的研究所的房间里就不仅有儿童文学的味道，咖啡的味道，生煎馒头的味道，也同时诗意盎然了。我的学生们，无论来自哪个省份，都喜欢儿童文学，也渐渐地都喜欢咖啡和生煎馒头，这成了我和他们的最特别的记忆内容、生命画面，他们以后都会写进回忆录。

我说，我们听听歌吧。

我不相信有几个"老三届年龄"的教授会和他的学生们一起听流行歌曲，而且经常是我放给他们听，唱给他们听，而且对他们说："要学会这首歌哦！"

今天晚上，我和他们一起听《有你真好》。

他们都不知道这首歌。他们有时没有我时髦。

我告诉他们这是小虫唱的。小虫是个男人，不是偶像派，长得普通，胖胖的，不年轻，但是他这首歌唱得真好，微微的笑容，悠悠的气，许多深切的体会，在忧郁的声音里唱出来。他唱道："每个人都想快乐，有多少人可以拥有？人海中，你遇过谁，那个人，你一定没有忘记。有人说，要爱自己，往事不值得再回味。还是会想起从前。"

歌声是从我的手机里放出来的，我的手机里有很多歌。

小虫唱道："花花世界，花开花谢，不用我开口，你都能感觉；人来人往，过往云烟，只要我受委屈，你都在我身边。我想说，有你真好。"

我有我的学生们真好，他们有我，也许也很好。

六月夏天的晚上，在我的研究所里，我讲儿童文学讲童话的地方，吃完了也许是最后的一次很温暖的饭，我们听着歌，心里跟着唱，有你真好！

然后，我们走到外面，我要回去了，他们也要去整理明天的行李。我和他们一个个拥抱。我想对他们一个个说，我们都不要流泪啊，可是都已经流泪。我想说，好好工作，活得优秀一些，可是我知道根本不需要说，三年里他们早就知道。我想说："很快我们又会见面的，你们来上海，我也会去你们的城市，也许我在哪儿演讲，你们恰好坐在下面听，如果这样，你一定要朝我招招手，那么我会讲得更精彩，让你能自豪地把掌声鼓得最响。"但是我也没有说，因为我知道，未来，是应该我坐在下面听他们讲，我把掌声鼓得最响，我为他们骄傲！

我们什么也没有说。上了车，我摇下车窗："我走了啊！"

我走了。我慢慢地开，看着后视镜里的你们。我已经看了你们三年。你们怎么都那么可爱，那么正直，那么智慧又灵巧。你们有那么多不懂的事物，因而你们都活得清清爽爽！你们终究都能学会过日子，过人生，你们都还能是干干净净的对吗？因为你们是在童话的故事里、课堂上度过了一千多天的，一千多天我们共同的日子。童话是我们的导师，我们都是它的学生。

我们应当是可以不害怕什么的。

世界应当是很欢迎你们的。

我很爱你们。

我的蓝颜色的车拐弯了。

再见，我的亲爱的学生。

按：《你们》一文为上海师范大学教授、博士生导师梅子涵先生在本书作者这一届研究生毕业之际撰写的。本书作者征得导师同意，将此文作为本书序言。

目　录

绪　论

詹丹将 20 世纪 80 年代描述为拥有梦想的童话般的岁月，贺仲明也觉得 80 年代是浪漫的。詹丹写道："1985 年，草创阶段的实验中学困难重重，临时借一所小学校舍招收第一届学生，几位教师挤在一间小办公室里，但没有憋闷压抑感。常常是，到了周末放学，多才多艺的戴臻拉起他的手风琴，旋律从革命歌曲一直拉到沪剧小调，大家在座位上拍打着桌子一起哼唱，已到下班时间的教师不愿散去，也引得离去的学生折回到门口来张望。这一切，就像童话般生动，且历历在目。1985 年年末的一个星期天下午，我冒着严寒，去戴臻家找他。他从厨房间迎将出来，说他正在写一篇童话，我有些意外。他说天太冷，煤气炉的火苗、烧水壶冒出的蒸汽，正好取暖。这就是 1985 年。那时候普通家庭还没用上空调和取暖器。但是许多人心中有童话，有梦想。"①

贺仲明认为："参与建构 80 年代文化的青年一代，比较他们的'五四'前辈，原就存在着文化准备上先天的不足，长久的禁锢既使他们不可能真正洞悉传统文化中的弊

---

① 詹丹：《戴臻童话和 1985 年》，《新民晚报》2011 年 5 月 29 日第 B6 版。

端，也使他们不可能对西方文化有真正深入的认识，并缺乏强烈的与'现代性'相一致的内在思想基础。浮躁，是他们比'五四'前辈们更为强烈的精神特征；坚韧与执著，却是他们普遍的缺乏。这决定了他们所从'五四'文化中汲取到的更多是'五四'的浪漫、片面与激进，却丢掉了'五四'的深刻和自审，更缺乏对于自我的坚定信心。"①

通过贺仲明的分析，我们可以看出，80年代的浪漫与"五四"前辈的浪漫是略有差异的。这种差异，既来自于自身的生活经历，又来自于思想成长的资源。在80年代儿童小说中，我们可以看到，尽管"五四"和80年代的作者们，都在探讨爱情、前途等这样一些话题，但是他们所凭借的现实生活脉络、思想理路，是不尽相同的。

刘绪源强调了80年代文学与现实的密切联系。"我并不是要回到80年代，80年代是幼稚的，80年代问题多多。但80年代有一个好的地方，就是文学和现实人生联系紧密，这就使文学引人关注，也使文学充满生气——因为它是有'地气'的。"② 从儿童小说的面貌来看，这一点恰恰是体现了80年代儿童小说的独特性。翻看当时无论是关于形式还是关于内容的论争，我们都能发现研究者、作者对现实问题、对"人生困境"的强烈责任感。这一点与80年代儿童小说的形式创新结合在一起，组成了80年代儿童小说的独特性。因为到了90年代以后，在儿童小说领域，文学形式的创新基本上已经不是那么明显了。

<hr>

① 贺仲明：《否定中的溃退与背离：八十年代精神之一种嬗变——以张炜为例》，《文艺争鸣》2000年第3期。

② 刘绪源：《80年代文学可与30年代相媲美》，《上海文学》2008年第6期。

　　丁帆、王尧、贺桂梅从历史演进的脉络着眼，去把握从 20 世纪 70 年代末延伸至 90 年代初期的嬗变中的 80 年代文学、文化特质。丁帆认为："历史的环链是环环相扣的，没有 70 年代后期的政治动荡就产生不了 80 年代文学；没有 80 年代中期的'清污'与'反自由化'，就没有 80 年代后期文学的'向内转'、'寻根运动'和'视点下沉'；没有 80 年代后期的政治风波，也就没有 90 年代文学进入消费时代的大潮。"① 王尧认为："'80 年代'所包含的问题是与之前的历史和之后的现实相关联，这些问题发生在 80 年代，却有'前世'和'今生'……当在文学史论述中考察文学的文化语境时，已经无法将 80 年代文学的背景孤立起来，它与之前之后的关联，正是'经典社会主义体制'形成和变革的全过程……如果我们把'八十年代文学'置于社会主义体制的形成与变革之中加以考察，可能会使文学当代历史的复杂关系有更多的揭示。"② 贺桂梅认为："'文学性'问题从来就不能超越特定的历史语境，尽管文学/政治的争议几乎始终伴随着 20 世纪中国文学，但是我们今天用以讨论'纯文学'的语汇、观念和思维框架，却都形成于 80 年代。大致可以说，80 年代是我们今天有关'文学性'问题的发生期。"③ 虽然 80 年代各个阶段的具体历史面貌有所不同，但是我们可以看到，三人均是从一致性的角度，整体性地去把握 80 年代的。和这些研究者一样，本书也着力从 20 世纪 80 年代中国儿

────────────

　　① 丁帆：《八十年代：文学思潮中启蒙与反启蒙的再思考》，《当代作家评论》2010 年第 1 期。
　　② 王尧：《"重返八十年代"与当代文学史论述》，《江海学刊》2007 年第 5 期。
　　③ 贺桂梅：《"纯文学"的知识谱系与意识形态——"文学性"问题在 1980 年代的发生》，《山东社会科学》2007 年第 2 期。

童小说发展的历史语境出发，努力从儿童文学理念、形式
在历史中发展的前因后果出发，试图从超出80年代时间
范围的、更广历史时空中的社会主义文学发展脉络中，去
理解80年代中国儿童小说的历史脚步。

　　洪子诚在修订版的《中国当代文学史》①中，摈弃了
对"新时期"概念的简单使用，而是对这一概念的历史生
成做了详细阐释，并在"80—90年代的文学"的框架下，
对20世纪80年代的文学从宏观到作家、作品，都做了
"微言大义"的阐述。李杨在《文学史写作中的现代性问
题》②中，从现代性反思的角度，对"'重写文学史'与
'二十世纪中国文学'"、"道德批判与知识反省——以巴
金《随想录》为例"、"文学性"、"个人性"、"日常生
活"等，与20世纪80年代文学息息相关的文学史议题，
做出了鞭辟入里的分析。程光炜的《文学讲稿："八十年
代"作为方法》，及其主编的"八十年代研究丛书"、"当
代文学史研究丛书"③，也都将"历史化"的反思目光，投
向了20世纪80年代的中国文学。在这些学者的研究中，
20世纪80年代文学基本涵指1976—1992年的中国文学。
如张炯主编，张柠、张闳、贺仲明、洪治纲分别撰写各
卷，被称为"中国当代文学第三代史家的发轫之作"④的

---

　　①　洪子诚：《中国当代文学史》，北京大学出版社2007年版。
　　②　李杨：《文学史写作中的现代性问题》，山西教育出版社2006年版。
　　③　涉及20世纪80年代文学研究的主要包括，程光炜：《文学讲稿："八十年代"
作为方法》，北京大学出版社2009年版；程光炜：《当代文学的"历史化"》，北京大
学出版社2011年版；洪子诚等著，程光炜编：《重返八十年代》，北京大学出版社2009
年版；杨庆祥等著，程光炜编：《文学史的多重面孔——八十年代文学事件再讨论》，北
京大学出版社2009年版；杨庆祥：《"重写"的限度——"重写文学史"的想象和实
践》，北京大学出版社2011年版等。
　　④　张军：《新一代文学史家在崛起——评张炯先生主编的〈共和国文学六十
年〉》，《南方文坛》2011年第3期。

《共和国文学六十年》，亦以一卷的篇幅和"理想与激情之梦"为主题，来描述 1976—1992 年的中国文学。陶东风也认为"从十一届三中全会到 80 年代末，中国社会经历了一场类似西方的'祛魅'或曰世俗化运动（即所谓'破除迷信'、'解放思想'）……建立在祛魅基础上的新公共性的生成，是以觉醒了的个人（既懂得自己的个人权利、具有主体意识，又热心公共事务）的诞生为标志的"，而到了"80 年代和 90 年代以后的大众消费文化的最根本区别，就是后者在很大程度上失去了前者具有的那种与公共世界之间的紧密联系"①，清晰地指出了 80 年代与 90 年代在世俗公共领域建构中的根本不同。

本书也用 80 年代来指称从"文化大革命"结束，到 1992 年左右的中国儿童文学发展阶段。因为，尽管"文革"结束后的许多文学思潮在 70 年代已经开始悄悄地酝酿，一些"新时期"作家在"文化大革命"时期已有作品在官方刊物正式发表，"拨乱反正"本身亦是一个复杂而步履并不轻松的历史进程；但是，和"文化大革命"时期的文学相比，还是可以看到，1976 年"文革"结束后的文学和整个社会生态，在整体指向上有了明显的转变；而与 1992 年邓小平"南方谈话"后，中国逐渐进入完全市场经济条件下的文学生成机制相比，20 世纪 80 年代的中国儿童文学亦显示出了不同的生成机制和文学面貌。

20 世纪 80 年代以来先后出版的中国儿童文学史著述，如陈子君主编的《中国当代儿童文学史》、蒋风主编的

---

① 陶东风：《畸变的世俗化与当代大众文化》，《文学评论》2015 年第 4 期。

《中国当代儿童文学史》、王泉根的《中国儿童文学现象研究》、孙建江的《二十世纪中国儿童文学导论》、蒋风和韩进的《中国儿童文学史》、朱自强的《中国儿童文学与现代化进程》、张永健主编的《20世纪中国儿童文学史》、蒋风主编《中国儿童文学发展史》、王泉根的《中国儿童文学新视野》、刘绪源的《中国儿童文学史略（一九一六—一九七七）》、朱自强的《黄金时代的中国儿童文学》等①，及曹文轩的《中国八十年代文学现象研究》② 一书的第十六章"觉醒、嬗变、困惑：儿童文学"，都从各自的视野出发，对这一时期中国儿童小说的发展史做出了描述和判断。

方卫平、吴其南、高洪波、简平等人的中国儿童文学专门史研究，如方卫平的《中国儿童文学理论批评史》，吴其南的《中国童话史》、《转型期少儿文学思潮史》、《守望明天——当代少儿文学作家作品研究》、《20世纪中国儿童文学的文化阐释》，金燕玉的《中国童话史》，高洪波的《儿童文学作家论稿》，简平的《上海少年儿童报刊简史》，胡丽娜的《大众传媒视阈下中国当代儿童文学转型研究》，陈莉的《中国儿童文学中的女性主体意识》，王

---

① 陈子君主编：《中国当代儿童文学史》，明天出版社1991年版。蒋风主编：《中国当代儿童文学史》，河北少年儿童出版社1991年版。王泉根：《中国儿童文学现象研究》，湖南少年儿童出版社1992年版，增补后以《中国儿童文学概论》为题，湖南少年儿童出版社2015年版。孙建江：《二十世纪中国儿童文学导论》，江苏少年儿童出版社1995年版。蒋风、韩进：《中国儿童文学史》，安徽教育出版社1998年版。朱自强：《中国儿童文学与现代化进程》，浙江少年儿童出版社2000年版。张永健主编：《20世纪中国儿童文学史》，辽宁少年儿童出版社2006年版。蒋风主编：《中国儿童文学发展史》，少年儿童出版社2007年版。王泉根：《中国儿童文学新视野》，湖南少年儿童出版社2009年版。刘绪源：《中国儿童文学史略（一九一六—一九七七）》，少年儿童出版社2013年版。朱自强：《黄金时代的中国儿童文学》，中国少年儿童出版社2014年版。

② 曹文轩：《中国八十年代文学现象研究》，北京大学出版社1988年版。

晶的《经典化与迪士尼化——跨媒介视域中的〈宝葫芦的秘密〉》，陈恩黎的《大众文化视域中的中国儿童文学》，王家勇的《中国儿童小说主题论》，齐亚敏的《中国当代儿童文学关键词研究》等①，也都涉及这一时期的中国儿童小说发展状况。

蒋风主编的《中国儿童文学大系·理论2》，尹世霖、马光复主编的《献给未来的儿童文学作家》，王泉根主编的《中国当代儿童文学文论选》、《中国新时期儿童文学研究》、《中国儿童文学60年》，高洪波主编的《改革开放三十年的中国儿童文学》，方卫平主编的《中国儿童文学大系·理论3》、《中国儿童文学大系·理论4》等陆续问世的儿童文学研究资料集②，整合了诸多研究力量，从发展

① 方卫平:《中国儿童文学理论批评史》，江苏少年儿童出版社1993年版，增补后以《中国儿童文学理论发展史》为题，少年儿童出版社2007年版。吴其南:《中国童话史》，河北少年儿童出版社1992年版，增补后以《中国童话发展史》为题，少年儿童出版社2007年版。吴其南:《转型期少儿文学思潮史》，少年儿童出版社1997年版。吴其南:《守望明天——当代少儿文学作家作品研究》，宁夏人民出版社2006年版，增补后以《从仪式到狂欢:20世纪少儿文学作家作品研究（上、下）》为题，人民文学出版社2014年版。吴其南:《20世纪中国儿童文学的文化阐释》，中国社会科学出版社2012年版。金燕玉:《中国童话史》，江苏少年儿童出版社1992年版。高洪波:《儿童文学作家论稿》，二十一世纪出版社2010年版。简平:《上海少年儿童报刊简史》，少年儿童出版社2010年版。胡丽娜:《大众传媒视阈下中国当代儿童文学转型研究》，中国社会科学出版社2012年版。陈莉:《中国儿童文学中的女性主体意识》，海燕出版社2012年版。王晶:《经典化与迪士尼化——跨媒介视域中的〈宝葫芦的秘密〉》，海燕出版社2012年版。陈恩黎:《大众文化视域中的中国儿童文学》，浙江大学出版社2013年版。王家勇:《中国儿童小说主题论》，中国社会科学出版社2014年版。齐亚敏:《中国当代儿童文学关键词研究》，中央编译出版社2015年版。
② 蒋风主编:《中国儿童文学大系·理论2》，希望出版社1988年版。尹世霖、马光复主编:《献给未来的儿童文学作家》，北京少年儿童出版社1992年版。王泉根主编:《中国当代儿童文学文论选》，接力出版社1996年版。王泉根主编:《中国新时期儿童文学研究》，河北少年儿童出版社2004年版。王泉根主编:《中国儿童文学60年》，湖北少年儿童出版社2009年版。高洪波主编:《改革开放三十年的中国儿童文学》，少年儿童出版社2008年版。方卫平主编:《中国儿童文学大系·理论3》，希望出版社2009年版。方卫平主编:《中国儿童文学大系·理论4》，希望出版社2009年版。

概貌和不同文体、地域儿童文学发展状况等角度切入这一时期中国儿童小说的研究。

在民族文学与当代文学史书写的关系上，席扬认为，"如何把中国当代各民族文学融为一体，建立一种'等量齐观'的文学史叙述，多年来一直是中国当代文学史界意欲破解的难题，同时也是中国当代文学史的理想叙述"①。本书也注意去关注汉民族之外其他民族作家20世纪80年代在儿童小说上的贡献。

关于儿童文学的体裁类型，梅子涵在《中国儿童文学五人谈》一书中，曾说到过："《铁皮鼓》这样的作品和它的高度被赞赏，正是表明了文学写作中，以往的手法的泾渭分明已经不神圣了。其实早就不神圣……在儿童文学里，'主义'相混，文体相交，手法融合的现象是普遍而且持久的。真真假假，现实进入，幻想展开，生活中的人，却又有魔法。《小王子》你说是童话，他说是小说，更多的是说小说童话、童话小说。《长袜子皮皮》，真是说童话、说小说都没有什么不可以，一定要说死，说得不可动弹，那是自己跟自己过不去，是跟儿童文学的精神和传统过不去。"② 吴其南也认为："童话不是一种和诗歌、小说并列的文学类型。童话可以用诗歌写成，如《渔夫和金鱼的故事》；童话可以用戏剧、影视写成，如《青鸟》（梅特涅克——吴其南注）、《马兰花》；当然，童话也可以以小说、故事的形式写成。"③ 因此，本书在将小说作为研究

---

① 席扬：《关于中国当代文学史中"少数民族文学"的"历史叙述"问题》，《民族文学研究》2011 年第 2 期。

② 梅子涵等：《中国儿童文学五人谈》，新蕾出版社 2008 年版，第 89—90 页。

③ 吴其南：《儿童文学》，华东师范大学出版社 2011 年版，第 92 页。

对象的同时，也将以小说的形式写成的、一般意义上被称为童话的作品纳入研究范围。

关于文学史特别是当代文学史的研究方法，洪子诚在《目前当代文学研究的几个问题》一文中指出："在一些当代文学史论著和教科书中，我们无法捕捉到文学'流变'的轨迹，许多文学现象、问题都被处理为孤立的、突发性的。我们对五六十年代，以至80年代出现的文学基本问题和艺术形态特征的谈论，由于多少失去'历史记忆'，而常常反应失措和缺乏深度。"① 程光炜也认为，"在历史长河中，经过'本质叙述'高度肯定和集中的'历史化'，也会经常受到新的历史语境的威胁，它们必须通过不断的历史阐释才能恢复活力和生命力……我所说的'历史化'，指的就是这些东西。一方面是当代文学学科的'历史化'，另一方面研究者同时也处在这种'历史化'过程之中"②。立足于史料，保持自我反思，从而更为踏实、清醒地寻找20世纪80年代的儿童文学历史足迹，是本书写作过程中，笔者的自我提醒。

在儿童文学史研究思路上，杜传坤认为，"对当代儿童文学的发展而言，五四儿童本位的文学话语是救赎，也是枷锁……我们需要一种反思的智慧，从而跳出现代性看儿童文学的现代性，看儿童文学本位论"③。吴其南认为，"进入新世纪，中国儿童文学理论领域正在发生一场深刻的变革。这一变革不止涉及儿童文学某一或某几个具体的话

---

①　洪子诚：《目前当代文学研究的几个问题》，《天津社会科学》1995年第2期。

②　程光炜：《当代文学学科的"历史化"》，《文艺研究》2008年第4期。

③　杜传坤：《论现代性视野中儿童本位的文学话语》，《东岳论丛》2010年第7期。

题，而是涉及整个儿童文学的认识视角和理论范式……当代西方儿童文学理论采取了和我们不同的视角，就在于他们对儿童文学的理解首先和主要是从社会、作家、成人出发的。不仅作品是成人、作家创造的，'儿童''读者'、读者的能力、兴趣、接受心理等也是作家创造的……转换了视角，儿童文学理论的主要内容就成了对儿童文学关于儿童主体性建构的探讨"①，"从后现代的、建构的观点看世界，世界不再被理解为一个客观的不以人的意志为转移的世界而是一个话语的世界，话语的边界就是世界的边界"②。方卫平也认为，"所谓'儿童文学史'，其实也包含了两层含义：其一是指儿童文学的'事件的历史'，其二是指儿童文学的'述说的历史'……儿童文学史的自在的、原生态的历史，是真正的初始意义上的'历史'，也是作为一门学科的'儿童文学史'研究的操作对象和认识客体……既有的文学史言说，都是一定文学语境和学术生活的产物，都是一种带有主观性的'述说'；当代儿童文学史的历史'述说'同样如此"③。从朱自强的论述中，我们可以看到其理论思路的演变，他认为"尽管我依然坚持儿童文学的本质论研究立场，但是，面对研究者们对本质主义和本质论的批判，我还是反思到自己的相关研究的确存在着思考的局限性。其中最重要的局限，是没能在人文学

---

① 吴其南：《中国儿童文学理论的转折性变革：从"儿童本位"到"创造儿童"?》，《中华读书报》2011 年 12 月 7 日第 12 版。

② 吴其南：《前言：告别"本质论"》，载吴其南《故乡是一段岁月》，阳光出版社 2012 年版。

③ 方卫平：《从"事件的历史"到"述说的历史"——关于重新发现中国儿童文学的一点思考》，《南方文坛》2012 年第 3 期。

科范畴内，将世界与对世界的'描述'严格、清晰地区分开来……借鉴自后现代理论的建构主义本质论帮助我打破了思考的僵局，我认识到儿童文学不是一个客观存在的'实体'，而是现代人建构的一个文学观念"①。

当然，也有研究者反对只提倡建构论，比如刘绪源认为，"离开了本质论，建构论就是无本之木；同理，离开了建构论，本质论就是无源之水。建构论只能是对本质论的补充、修订或补正，当然偶尔也会有革命性的重建，但从根本上来说，不可能取代本质论……他（指尼尔·波兹曼——笔者注）曾经坚信'发明儿童'的理论（发明即'建构'——刘绪源注），从而得出了童年正在消失的结论；然而在他的名著《童年的消逝》问世12年后，他发现，童年并未消失——儿童本身正是抵抗这种消失的力量……这也说明当年以卢梭为代表的'发现儿童'的理论是无法推倒的（推倒即'解构'——刘绪源注），它也未被新理论的建构所取代……既有的世界儿童文学的优秀传统也是一种真实的存在，它们经过了严酷的人性和时间的考验，这也是作家理论家们不可忽略的"②。

研究范式、理论立场的转变，史料阅读的积累，文学欣赏口味的调整，文学史写作者在不同方向和层面上调整，都可以为儿童文学研究带来不同的文学史景观。在文学史研究的很多层面，解构的理论话语，确实能帮助我们看到原本的文学史叙述中，一些没有被论述到的内容。本

---

① 朱自强：《儿童文学理论：在"现代"与"后现代"之间》，《当代作家评论》2015年第3期。

② 刘绪源：《"建构论"与"本质论"——一个事关文学史研究的理论问题》，载刘绪源《中国儿童文学史略（一九一六——九七七）》，少年儿童出版社2013年版。

书并非要解构 80 年代儿童小说创作中儿童性、文学性的
存在，而是比较关注 80 年代的儿童小说中一些主题、形
式，是如何在不同作者、研究者的文字中得到呼应，并汇
聚成一定规模的潮流的。

第一章

言说历史的方式

第一节　什么"伤痕"，如何"伤痕"

在少年儿童出版社 1979 年恢复出版的，被称为"专业的儿童文学理论丛刊"①《儿童文学研究》的第 1 辑②上，除了以"上少"（少年儿童出版社简称之一——笔者注）谐音"尚哨"署名的头条批判文章《肃清流毒　解放思想　繁荣儿童文学创作》外，贺宜的《童话创作面临着重大的历史任务——〈童话选〉序》、鲁兵的《儿童小说，还是神童小说?》、晓纪的《确实发人深省的答卷——评童话〈一张考卷〉》等文，也都涉及了对过去一时代文艺的批判和控诉。而这一辑中《评长篇小说〈钟声〉》和《评中篇小说〈金色的朝晖〉》两个以黑体标示名称的栏目，更是将批判的目光集中在了《钟声》③、《金色的朝晖》④ 这两部上海人民出版社"文革"后期出版的儿童小说

---

① 会议秘书组：《全国儿童文学理论座谈会纪实》，载《儿童文学研究》第 19 辑，少年儿童出版社 1985 年版，第 1—10 页。

② 《儿童文学研究》第 1 辑，少年儿童出版社 1979 年版。

③ 署名《钟声》创作组，俞天白、王锦园执笔：《钟声》，上海人民出版社 1976 年版。

④ 石冰：《金色的朝晖》，上海人民出版社 1975 年版。

上。在批判文中，这两部作品分别被称为"诬陷邓副主席……在读者中造成极其恶劣的影响"的"毒草"和"对 1972 年整顿教育的斗争，极尽诋毁之能事……适应了 1975 年'四人帮'猖狂反党的需要"的"射向教育革命的毒箭"。

在《钟声》中，完全处于对立面的是"阶级敌人"励瑞甫。他"做梦还在想念"祖上新中国成立前曾经拥有的南国霓虹灯厂，"想念他已经失去的天堂，妄图把劳动人民再打进地狱"。励瑞甫的女儿励云云在集体劳动中"觉悟"到："'南国'啊'南国'，这是多么可怕的事实！真糊涂呀！这许多年，今天才理解：爸爸口不绝唱所'相思'的，原来是和这首五言绝句风马牛不相及的'南国'，是那张着血盆大口、咬工人肉、吮工人血的'南国'！爸爸还梦想接过'毒灰蛇'的衣钵，重新骑到工人头上，这是多么反动、多么恶毒啊！我怎么可以和他同乘一只船、合穿一条裤？季奋说得对，我们都是长在红旗下，绝不能做他们的孝子贤孙！我们要和工农兵结合，什么'孝顺'呀，'报恩'呀，完全是一套虚伪透顶的骗人经。"她所担心的是"我揭发以后，爸爸将对我采取怎样的报复手段呢？我在家里又会陷于什么处境？"在励瑞甫的更多行为被暴露后，励云云"觉醒"了，"……出身不能选择，但前途可以自己争取。我是社会主义新中国的青少年，决不做资产阶级的孝子贤孙！励瑞甫与社会主义为敌，与无产阶级为敌，反动本性顽固不化，我坚决要求公安机关严厉法办……"相较于鲁兵的《拨火棍》、贺宜的《像蜜蜂那样的苍蝇》、刘心武的《班主任》或者是卢新华的《伤痕》，励云云走的是相反的情感路线，正因为有反"孝顺"、反"报恩"，而将自己所有情感都融汇于集体之中的励云云,才有了《伤痕》中"伤痕",也可能意味着励瑞甫这样的"阶级敌人"某些程度上只存在于"臆想"之中。

但在《钟声》小说的叙事脉络中,励云云以及"红卫兵"排长季奋的行为都是可以顺势推导出的。尽管《钟声》落款 1976 年 4 月的"编后"中出现了"党内不肯改悔的走资派邓小平,伙同教育界的资产阶级代表人物,又刮起右倾翻案风,散布了许多修正主义奇谈怪论,这都证明:走资派还在走,斗争还在继续"这样"调门"很高的文字,小说结尾对"贯彻执行修正主义教育路线"的舒适、赵为成的处理还是有节制的。学校党支部副书记、教育革命组负责人赵为成最终开始认同学校党支部书记、工宣队江勇师傅、"红卫兵"排长季奋的做法,而区教育局负责人、"教育的行家"、"'文化大革命'中受过批判、去年重新领导区教育局工作"的舒适,也仅仅是面对批判"一声不吭"罢了。倒是励瑞甫不惜杀人的手腕,将自己推向了绝境,也让小说在惊险中低空掠过、抵达高潮。叶辛在"文革"结束后 1977 年 11 月出版的《深夜马蹄声》①中,最后虽然也用黑体的语录点题"千万不要忘记阶级和阶级斗争",但是此时阶级斗争的归结点、立足点已在于大队队委、副业组头头潘照明的私欲,"偷盗鲤鱼冲的红杉木、茶叶、山货,特别是榨油房里多出的油,卖给县里的投机倒把分子,破坏社会主义事业,损害集体利益,肥了他自己",已经没有了《钟声》和《金色的朝晖》里的励瑞甫、"卖冰棍的老头儿"心中那么广阔的阶级背景。贾平凹的小说集《兵娃》②里的作品也是如此,"敌人"的

---

① 叶辛:《深夜马蹄声》,少年儿童出版社 1977 年版。
② 贾平凹:《兵娃》,中国少年儿童出版社 1977 年版。

罪恶也主要体现为私欲，并且是有改正后并不被打入另册的空间存在的。

相较于这些"文革""遗存"，的确，就如王蒙说的要"'感谢'江青等为文学设置了那么多禁区，'天安门事件'是禁区，'反右扩大化'是禁区，恋爱婚姻家庭是禁区，'中间人物'是禁区，'人性'、'人情'是禁区，心理描写也是禁区；这样，1978 年和 1979 年稍微思想解放一点的作家就可以为自己树立起一个类似赵子龙的形象，有分量一些的新作往往带给读者一种尝到禁果的兴奋"①。《班主任》②、《醒来吧，弟弟》③、《从森林里来的孩子》④、《谁是未来的中队长》⑤ 这些小说给读者带来猎食禁果般阅读滋味的同时，也给作品自身和作者带来了来自各个社会层面、各种方式的肯定。从这里，我们也可以看到这些作品身上官方意识形态与大众流行阅读趣味的一致性。

如果拿"文革"结束后这几篇控诉"伤痕"的作品，以及洪汛涛的《一张考卷》⑥，金近的《一篇没有烂的童话》⑦、《小白杨要接班》，励艺夫的《童话乐园》⑧，来和《钟声》、《金色的朝晖》相比，可以发现叙事技法上的一

---

① 王蒙：《生活呼唤着文学》，《文艺报》1983 年第 1 期。
② 刘心武：《班主任》，《人民文学》1977 年第 11 期。
③ 刘心武：《醒来吧，弟弟》，《中国青年》1978 年第 2 期。
④ 张洁：《从森林里来的孩子》，《北京文艺》1978 年第 7 期。
⑤ 王安忆：《谁是未来的中队长》，《少年文艺》（上海）1979 年第 4 期。
⑥ 洪汛涛：《一张考卷》，原载 1978 年 5 月 24 日《红小兵报》，载《童话选》，上海教育出版社 1978 年版。
⑦ 金近：《一篇没有烂的童话》、《小白杨要接班》、《穿花裙的狼》、《一出好险的戏》，载金近《春风吹来的童话》，人民文学出版社 1979 年版。这本集子中收入了金近"1946—1948 年"、"1949—1964 年"、"1977—1978 年"三个阶段的作品，《一篇没有烂的童话》、《小白杨要接班》、《穿花裙的狼》、《一出好险的戏》及下文所引的《早回来的燕子》，均为 1977—1978 年的作品。
⑧ 励艺夫：《童话乐园》，载《童话选》，上海教育出版社 1978 年版。

致性。《小白杨要接班》很直白地影射多疑的老太婆"不是怀疑这个，就是怀疑那个"，野梨树"反对这个，反对那个，多像李大爷说的那个老妖婆"，感情跟新中国成立前给地主扛长活的生产队长李大爷不一样，"跟地主站在一头啦"，并一再地提醒，"咱们别忘啦，这个世界上还有狼，这条大黑狼死了，还会有别的狼扮演各种样子的狼外婆、狼妈妈、狼阿姨，咱们要像童话里的姐姐那样机灵、勇敢才好"（《穿花裙的狼》）；"我们要是贪玩，不好好学文化，那也会受白骨精的骗。我想，有一个办法，只要认真想想那个人说的话是为了我们好，还是要我们变坏，就会明白了。我们真要肯那样想，就算碰上两个白骨精，我们也能识破"（《一出好险的戏》）。影射的对象不同，但是在文学手段上，这些作品与它们所要批判的对象并无二致。

　　例如，同样是控诉"文革"的《小草恋山》① 走的就是与《钟声》相反的路径，"象〔像〕捧圣旨那么"禀"江首长的指示"而来的工作组的金惠们，需要"按照江青讲话精神"在哈拉努都草原揪出"反革命组织""沙窝子党"，他们大肆叫嚣给劳模斯仁格老支书配眼镜的"后台"周恩来"要垮了"。小说将十年"文革"浓缩在了一次运动中，在这次运动开始之前还是一片祥和、勤劳的气氛。这种处理，无疑将历史背景简单化、轻便化了。倒是工作组的罗功从9岁的多尔吉的"嘴里往外套实话"的举动，更让人觉得"触目惊心"。而且在罗功那里，明白捉错了，也"捉住一个算一个，从来也不存在错与不错的

---

① 张长弓：《小草恋山》，人民文学出版社 1982 年版。

事",活脱脱是"血腥"的"逻辑"和"行事风格"。

在"归因"上,很多作品习惯于笼统地将"文革"的过失归咎于"四人帮"等"坏人"对社会主义建设的干扰和破坏。例如,刘厚明的《绿色钱包》①里,在为偷了社员的梨的集体道歉会上,校长将这个"大法不犯,小法不断,气死公安,难死法院"的小泥鳅的犯案原因,归结到了"我们工读的孩子也是'祖国的花朵',只不过受了'四人帮'的'病虫害',他们想变好,也一定能变好"。蓄着络腮胡子的生产队干部也认为,"俺们不要那个孩子赔梨钱,账应该记在'四人帮'头上!孩子们,学好吧,俺们巴望着你们长大了建设四化哩"。刘厚明的另一个作品《小熊杜杜和它的主人》②里,吕剑光来杂技团当饲养员的目的是,"杂技团不是也有乐队吗?到了那儿好好干上一阵儿,给领导上一个好印象,再要求调到乐队去,不也是条路子?而且,比起其他文艺团体来,杂技团出国演出的机会还多呢"。"以大学生的文化水平和当了两年'业余六弦琴手'的社会经验",吕剑光"首先看到了'文化大革命'的风向;王洪文、姚文元这些小人物,一夜之间就变成了大人物,又为吕剑光展示了一条'生活的捷径'",他成了"只爱他自己的""造反派"。作者又利用杂技团的小说环境,用人、兽之间对比的隐喻,完成了对"伤痕"的控诉。"这黑熊通人性啊!可那些造反派倒没人性!眼下这成了什么世界?没人性的都神气了,有人性的倒活受罪……从驯兽场传来杜杜的号叫,他仿佛看到:吕

---

① 刘厚明:《绿色钱包》,《北京文艺》1980年第5期。
② 刘厚明:《小熊杜杜和它的主人》,载《朝花》儿童文学丛刊第2辑,人民文学出版社1980年版。

剑光正在用一根通了高压电的铁棍，往杜杜身上捅着，杜杜在发抖，在痉挛……它的叫声是那么凄厉，那么悲惨，一声声像尖刀一样刺痛着幼民的心……他想站起来，可是浑身瘫软，就像那强大的电流也通过了自己的身体，使他全身绽裂了……他撕破了自己的衬衣，抓破了胸口，像回答杜杜那凄厉、悲惨的哀鸣，嘶声呼喊：'杜杜啊，你就快点儿死吧！你就快点儿死吧！'扑在地上痛哭失声……他挺起身子也放声大笑了，他要和那狂风比赛，看那风声大，还是他的笑声大；他笑啊，笑啊，再也控制不住自己……从这天以后，人们就说郑幼民疯了。他成天痴呆呆地坐在那个小黑屋里，表情麻木。他有时笑，有时哭，好像在幻想中和什么人说话，用心灵说话……"这样大声疾呼的"控诉"的作品，确实比较适合自己身上也有着各式不同"伤痕"的读者的"口味"。

刘先平的长篇小说《呦呦鹿鸣》①里，陈炳岐老师的身世和经历逐渐被置于前台的时候，这既是一个展示伤痕，又是一个平复和弥补伤痕的过程。

　　"还是那个题目——关于动物资源的保护、开发和利用？"陈炳岐真的又惊又喜。

　　"是的。奇怪吗？"

　　怎么说呢？这是他们二十多年前，当学生时就研究的题目。这个题目曾给他们带来了幸福、欢乐，却也带来了灾难。

　　"从题目的本身看，人类对它的研究没有止境，不

① 刘先平：《呦呦鹿鸣》，人民文学出版社 1981 年版。

断有新的问题，跃进到新的水平。譬如说，现在谈动物资源的保护，就必须和保护自然生态平衡联系起来。可是，从我国的具体情况看，倒确实有令人痛心的地方。50 年代，咱们的科技水平与世界上的先进水平差距不大，问题出在停顿了这么多年。"

"是的。但是……"

"只要有一定的条件保证，科学水平能追上去。咱们的这段不平常的经历，却正好说明祖国一定能繁荣富强。但是，可怕的是蛀虫，自己队伍中的蛀虫，不清除掉，他们还要作祟。"

而这个过程"归因"，亦是清除"蛀虫"后，就能保证祖国走向繁荣富强的理想之境。

在价值理念上，《呦呦鹿鸣》、《小白杨要接班》这样的乡村叙事，与毛泽东《五七"教育革命"指示》① 所提出的教育理念也都存在一致的地方，只是把对政治路线表达或寓意的方向做了一些调整。比如，《小白杨要接班》正面肯定知识青年政策，赞扬他们农业学大寨。小白杨似乎是知识青年们积极向上的面貌的一个象征，"今年生产队里又来了一批知识青年，每天早出晚归，都要从小白杨树的身旁走过。这些年轻人有说有笑的，有的谈自己的理想，有的谈劳动的收获，叫小白杨树们听了觉得怪可爱的"。在否定"四人帮"这一方面的基础上，其他方面原封不动，也可以修复"伤痕"。但是，这些继续得到肯定

---

① 《五七"教育革命"指示》指：学生也是这样，以学为主，兼学别样，即不但学文，也要学工、学农、学军，也要批判资产阶级。学制要缩短，教育要革命，资产阶级知识分子统治我们学校的现象，再也不能继续下去了。

的其他方面政策内容，恰恰某种程度上又是可以与"四人帮"共生的。这也从另一个侧面说明，"伤痕"的来源和"伤痕"平复过程的复杂性。

韦君宜在《思痛录》中，就警觉地指出："有些人把自己的苦写成小说，如梁晓声、阿城、张抗抗、史铁生、叶辛……现在已经成名。但是，他们的小说里，都只写了自己如何受苦，却没见一个老实写出当年自己十六七岁时究竟是怎样响应'文化大革命'的号召的，自己的思想究竟是怎样变成反对一切、仇恨文化、以打砸抢为光荣的，一代青年是怎样自愿变做无知的。"① 黄平后来说的，"不是简单的穷不穷、工资高不高的问题，很大程度上还有社会空间和心理感受。比如'知青下乡'，后来许多叙述都在'伤痕'这个脉络里谈，诉苦、控诉，都以受迫害或至少被耽误为基调。其实这个基调也是后来追述时形成的，而在一开始，很多人是扛着红旗唱着歌下去改天换地的，叫作'滚一身泥巴，炼一颗红心'。想家是难免的（走到哪里人都想家）。再有就是从城市到农村，一下子感觉简直是个解放，因为城市里搞运动，都绷得很紧，而农村居然很多人还是高高兴兴的，一些人到农村发现反而得到自由天地了"② 两种观点的态度似乎相反，黄平对知青运动抱持了更多的理解。但是两人的观点的相同之处在于，都觉察到了红卫兵也就是后来的知识青年身上，包含了对"文革"理念的认同的一面，不管知青们在"文革"后期或"文革"结束后的反思、忏悔中，自己是否承认这一点。

---

① 韦君宜:《思痛录》，北京十月文艺出版社 1998 年版，第 114 页。
② 黄平、姚洋、韩毓海:《我们的时代：现实中国从哪里来，向哪里去》，中央编译出版社 2006 年版，第 96 页。

在第二次全国少年儿童文艺创作评奖授奖大会上，周扬呼吁"党的三中全会以后，我们党和国家的面貌，整个社会风气，都开始为之改观。但是，'十年浩劫'在我国人民以及少年儿童的心灵上所留下的创伤，还没有完全平复。因此，提高我国少年儿童的道德品质，帮助他们尽快地医治好他们精神上的创伤，也是摆在我们少年儿童文学家、艺术家、教育家面前的一项重要任务"[①]。然而，当我们更深地去追究时会发现："谢惠敏揭示的意义不完全符合主流意识形态的视角，它不是将少年一代的心灵扭曲只归咎为几个坏人和他们所代表的那一路线，而是追究到整个极左思潮，追究到极左思潮影响下整个思想教育中存在的愚民政策，这自然是很难为当时的主流意识形态所首肯的。而伤痕文学自然也要为放弃这种追究付出代价。设想，如果沿着谢惠敏这一形象开掘下去，就会深入到与儿童成长相关的许多问题，包括50、60年代儿童教育、儿童文学在内的许多内容都会成为反思的对象。如如何评价'文革'中的红卫兵运动？如何评价50年代文学中的光明梦？为什么一代人怀着极虔诚极纯洁的情感投入革命，结果却成为对社会秩序、对文化的一种大破坏？"[②]

这种反思要在文学实践中"运行"，也是需要与本身就具有复杂性的文学机制一道同行的。亲历者徐庆全回忆："作为意识形态领域一个重要方面的文艺界，一直担当着'政治的晴雨表'的角色。在粉碎'四人帮'后直到

① 周扬：《为了未来的一代——在第二次全国少年儿童文艺创作评奖授奖大会上的讲话》，载第二次全国少年儿童文艺创作评奖委员会办公室编《儿童文学作家作品论》，中国少年儿童出版社1981年版，第7—11页。

② 吴其南：《转型期少儿文学思潮史》，少年儿童出版社1997年版，第41—42页。

四次文代会召开前的一段时间里，对'正'的认识分歧，使文艺界呈现出新旧交替、新旧交错的复杂的历史形势……有的研究者甚至用'惜春派'和'偏左派'来命名——周扬、夏衍、张光年、陈荒煤、冯牧等为前一派，林默涵、刘白羽等为后一派……应当说，在粉碎'四人帮'后对'四人帮'的声讨声中，双方是一致的。产生分歧的端点，大致在1978年10月份左右……1978年10月20日，《人民文学》、《诗刊》和《文艺报》三家刊物编委会在北京前门外远东饭店召开联席会议。这次会议，当年的几个文艺界头脑都参加了，并都作了发言……林默涵和陈荒煤、韦君宜以及冯牧的讲话，实际上涉及一个对十七年文艺批判运动怎么看的问题。在林默涵看来，十七年中对所谓'黑八论'的批判是正确的；而在陈荒煤、韦君宜等人看来，这些批判就有个'是不是强加的'问题了。这一分歧，看起来微不足道，事实上是关乎前文提到的对拨乱反正的'正'的看法问题。其后，随着形势的发展，双方分歧的裂痕也在加大。"① 吴秀明认为："就现实的境遇而论，'还原派'似乎比'修正派'具有更大的政治安全系数，更能得到主流意识形态的认同。'修正派'比较超前，他往往'代主行事'，赶在主流意识形态之前'修正'其内容，在思想观念上与先锋派较为接近，故易于被一般先锋作家所认同，但却常常招致主流政治的批评，有一定的冒险成分。1981年和1986年'反资产阶级自由化'和'清污'中，周扬等人的境遇就清楚地表明了这一点。而'还原派'对经典理论的执着坚持和忠信捍卫态度，以及对种

---

① 徐庆全：《风雨送春归：新时期文坛思想解放运动记事》，河南大学出版社2005年版，第181—182、184页。

种非理性、个人至上'新观念'的不遗余力的批判，与主流意识形态追求的有序稳定的价值取向不谋而合，也跟'文以载道'、'群众至上'的传统文化契合相符，因此，具有相当的市场。尤其是在反理性、反理想、反英雄观念演化成一种规模性的思维，对主流意识形态及其文学造成一定遮蔽时，'还原派'往往颇得主流意识形态的青睐和支持。"① 这既是"伤痕"小说写作的潜在背景，也是围绕着"伤痕"小说而展开论争的舆论环境。"伤痕"文学的发展，其实也与"文革"结束后"社会空间和心理感受"的变化息息相关。

比如对《一岁的呐喊》，章轲当时就认为，"使我惋惜的是这篇作品的内涵与其多彩的想象和形式相比，显得很陈旧和单薄，停留在当年'伤痕文学'的水准上。仔细推敲，吸引人的更多的是它美丽而奇幻的外壳，并非是它的血肉和灵魂。使我疑惑的是这篇小说的笔致更接近于成人小说，儿童读者对这类小说是否会有强烈的兴趣？要是能够使它的内涵更新颖、厚实，要是能够透过婴儿的眼睛折射出更多的对那个独特年代的独特发掘，要是能够使那些精采［彩］的描述里多一些浓郁的儿童情趣，这篇小说一定会成熟和动人得多"②。程远的《小喇叭花》③里，素朵"伤痕"的来源，是爸爸妈妈在"文革"中"年轻幼稚，把她撂在姑妈家，整天在外不回来。有一天，人家把血肉模糊的爸爸妈妈抬回来了，她哭着、叫着扑上去，但又怎

---

① 吴秀明：《转型时期的中国当代文学思潮》，浙江大学出版社 2004 年版，第 77 页。

② 章轲：《致探索者——读〈一岁的呐喊〉随感》，《儿童文学选刊》1987 年第 2 期。

③ 程远：《小喇叭花》，载《未来》第 1 辑，江苏人民出版社 1981 年版。

么叫得醒他们呢"。在这里，我们无法发现素朵的爸爸妈妈在"文革"中被打倒、批斗的迹象，而是因某种程度的"主动"参与而被动乱所伤害。"那几天，世界上乱乱糟糟，被鲜血一样的红颜色笼罩，不少人象发了疯，胳膊上绑着红袖标，吵骂打架，有时旷野上还会响起打'派仗'的机关枪声"。程远将"伤痕"延伸到了随后的家庭生活中，变为日常生活中人心可量的苦楚。黄蓓佳的《阿兔》①的结尾有的只是一份怅然若失的成长的兴味。丁玲在序言中所勾勒的，"阿兔变了。变成一个不大有感兴的普通农妇了。而她之所以变，是因为受了'四人帮'的迫害，在精神上遭到了摧残，而这却同作者、同主人公这位好朋友有关"，在逻辑和事实上并不一定成立，作者在文中也并没有明确地这样去说。但丁玲读到的，"她是无罪的，她只是一个极为单纯的小姑娘，但她几乎就是一个帮凶……好像罩在一重悲伤的雾霭中，不觉得在心上压了一块石头"，还是十分准确的，小说的正文回忆部分，大量地都在写"我"对"文革"中的事的无可奈何和痛心的心态。

秦文君的《闪亮的萤火虫》②、《别了，远方的小屯》③这两个情节连缀的中篇小说，用很隐晦的方式，写到了"文革"。《闪光的萤火虫》里的结尾，"乡下乱起来"了，《别了，远方的小屯》的开头"赌鬼儿"胖朱，因为"有个把兄弟在县里"，才当了大队长，"在外屯赌够了就回屯来挑刺，今天罚东家，明天罚西家"。就像范家进所说的，

---

① 黄蓓佳：《阿兔》，《少年文艺》（江苏）1980 年第 3 期。

② 秦文君：《闪亮的萤火虫》，载《巨人》儿童文学创作丛刊 1982 年第 1 期，少年儿童出版社 1982 年版。

③ 秦文君：《别了，远方的小屯》，载《巨人》儿童文学创作丛刊 1982 年第 3 期，少年儿童出版社 1982 年版。

"几亿中国乡村人基本生存自主权的交付，交付给一个个更大更高的自己无从把握的组织与机构（互助组、初级社、高级社以及准军事化的人民公社——范家进注），意味着中国农民在今后数十年里个人自主权及相应的个人责任能力的严重萎缩与丧失……或许我们不妨将此称为中国农民所受的新一轮精神创伤"①。这种精神创伤在秦文君的这两部小说中，借由李罗锅、胖朱这样代表了恶的人物为所欲为的行动，用拐子爷爷发疯了以后的笑声，用手被李罗锅反绑起来而放火烧死的顺儿，用被胖朱拿走皮大袄而冻死的老雷头带给正直的人们心灵的震撼，而表现出来。尽管并不涉及对制度本身的反思，而只是归咎于这两个"恶人"。《退役军犬》② 这篇动物小说同样如此，隐晦的"文革"描写中，因曾偷蜂蜜而被黑豹揪出来的冯老八成了一切祸害的源头。在写法上，从第一部分较为愉悦、轻快的笔调，转到后面几部分黑豹和他的主人沉痛的遭遇，同时安排了作者代黑豹抒发的动物主角无法言语的复杂心情。这种写法和痛感的基调，某种程度上被沈石溪所一直秉持，尽管在具体题材上，沈石溪逐渐离开了"文革"伤痛的阴影。

林大中在刘心武的《醒来吧，弟弟》发表后就疾呼，"文艺，作为一种影响广泛的宣传工具和社会意识，只是把'揭批'限于'控诉'，只是把过去和残存的一切罪恶简单地归于'四人帮'，只是大声疾呼地控诉'四人帮'，会产生什么呢？会产生从概念出发的图解作品。图解不通

---

① 范家进：《"互助合作"的胜利与乡村深层危机的潜伏——重读三部农村"合作化"题材长篇小说》，《中国现代文学研究丛刊》2011 年第 4 期。

② 李传锋：《退役军犬》，《民族文学》1981 年第 5 期。

时就会产生背逆生活和艺术真实以至违背艺术逻辑的作品。只有深入到复杂的社会现象中，深入到不是既定概念可以图解的有时是可怕的真实中，挖掘出'四人帮'所以能够为害、流毒所以难于根除的社会根源，为新时期的伟大建设启示必要的历史教训和清除前进道路上的障碍，文艺才能尽到揭批'四人帮'的神圣使命。两年来揭批'四人帮'的文艺作品一般限于图解性'控诉文学'，可居然有人把它们作为'暴露文艺'加以反对，更有许多人写了大量文章捍卫它们。但只限于捍卫，这一切又会产生什么呢？会产生这样的舆论，这样的影响，会给整个社会和文艺界定下这样的基调：这些已经很不错，很大胆，走得很远了。因此而堵死真实的道路，堵死现实主义的道路，极大地削弱和限制了文艺的战斗力……刘心武，如果继《班主任》之后，不断加深暴露的深度，加强歌颂的力量，努力学习现实主义小说技法，把议论化为形象，本来很有希望成为一个优秀的作家……希望刘心武正对现实，不务虚名，在新的伟大转折面前，也来一个转折，从光滑的地板走向坚实的土地"①。对此，刘心武解释说："当我最初构思《班主任》时，并没有事先定下一个'救救被"四人帮"坑害了的孩子'的主题，这个句子乃是我写到半途中时，自然而然落于笔下的……其实现在少年儿童的生活也是很丰富的，比如学校生活，其中就存在着许许多多的问题……如果我们针对这些问题，在熟悉学校生活的基础上深入思考，然后把自己比较深刻、比较准确的分析熔铸在艺术形象中，我们的作品就一定能有所突破，少年、儿童

---

① 林大中：《"控诉文学"及其他（谈刘心武的〈醒来吧，弟弟〉）》，《读书》1979 年第 1 期。

看了，就不仅能受到直接的思想教育，并且能得到灵魂上
的陶冶，逐渐养成一种对生活进行思考的习惯。"①

钱中文描述"文革"前作家们的创作思维方式的文
字，或许可以给我们理解从同一体制和"文革"中走来
"伤痕"文学作家及其作品一些启发。他指出，政治家的
"思考方式，偏重于剧烈变革中政治主张的前途，群体的
命运，阶级关系的变化，而无法也无精力顾及或不大思考
单个人的遭遇，虽然他的主张与理想，往往会与历史的现
实的发展紧相吻合或南辕北辙。这是一般政治家所具有的
政治的群体思维方式。不少作家在这种政治氛围中，在不
断地改造自己原有的思想运动中，也就接受了这种政治的
群体思维方式，即对预设的社会发展规律的单一本质感、
必然感，学会了对人的分等划类、二元对立的、非此即彼
的鲜明区别的方法，对社会和人形成了一种固定的认识，
并构建成了一种本质理解。当他进行创作，那朝他涌来的
无限生动的生活的新鲜印象，先被政治群体意识之网加以
本质地、必然地过滤，然后再将它们分门别类安置于现成
的本质、必然的框架之内"②。在此种类型的"伤痕"写作
中，我们似乎也能发现，这种"对人的分等划类、二元对
立的、非此即彼"的思维方式不由自主地闪现。时至今日，
毕飞宇在说到其《平原》时仍坦言："我写《平原》已经
是 2003 年了，不是 1980 年，更不是 1978 年。我和'伤
痕文学'作家处在完全不同的精神背景上。事实上，我说
我对'伤痕文学'不满意，完全是看人挑担不吃力。中国

---

① 刘心武：《真实性·深度·闯禁区·构思》，载《儿童文学》编辑部编《儿童文
学创作漫谈》，中国少年儿童出版社 1979 年版，第 132—151 页。
② 钱中文：《文学理论现代性问题》，《文学评论》1999 年第 2 期。

当代文学必须要从那儿经过，这一点毋庸置疑。不过，话又要反过来说，如果我现在的声音和 1978 年是一样的，那是多么巨大的一个悲剧……从 1978 年起，我在父亲的影响下开始阅读中国的当代文学，当然，附带着我还关注思想争鸣与历史研究，一直到现在。没有这三十多年的阅读、'吃'，我下不了《平原》这颗蛋。"① 这种历史的体认和宽容是很有道理的。

孙朝梅的《枣儿刚红圈儿》用儿童的天真、用亲情去对抗造反队长爸爸荒谬的行径，去弥补他的行径给亲情造成的裂痕。"爸爸"既要砍枣树，因为"种粮食才是干革命，枣树是资本主义的根儿"，又想拿枣子去巴结领导，显示了"革命"话语的自相矛盾。而"二伯"对我和对造反派不同面貌的表现，结尾"我"和"二伯"谈笑言欢的场景，似乎预示着亲情、俚俗对抗"革命"话语的胜利。庞天舒的《深深的长森巷》② 里，官复局长之职的"走资派"老爷爷，已经忘记了"文革"中他被"马猴子"们打骂时，"和他朝夕相处十年之久的小毛头"、"给过他温暖与希望的小太阳"和长森巷。庞天舒通过一个小女孩的视角，触碰了对"文革"伤痕的记忆问题。在这个问题上，官方认可、赞同的记忆范围是有限度的。而庞天舒"居然"将"文革"后已经官复局长之职的老爷爷身边七八个衣冠楚楚、"仪表堂堂，脸上充满甜蜜的笑容"、争先恐后说着奉承话的人，归并为了"文革"中的"马猴子"

---

① 毕飞宇、张莉：《牙齿是检验真理的第二标准——关于社会价值观的对谈》，载毕飞宇《推拿》，人民文学出版社 2008 年版。
② 庞天舒：《深深的长森巷》，载庞天舒《大海对我说……》，新蕾出版社 1982 年版。

们的"同类项"，讽喻、触及的更有现实中继续得到延续的"文革"因素。"爷爷幸福了……他对他现在的生活感到非常满足。小星星调皮地眨着眼睛说：'不，他没有忘记，只不过是幸福冲淡了他对你的回忆。'"因为满足，老爷爷也失去了反思的能力，失去了对身边奉承着、潜藏着的"马猴子"们的"预警"。苦难原本可以给予的更多智慧的机会失落了。"毛头，放心吧，爷爷跨上亮开四蹄的雪青马，就是跑到天涯海角，也要回来看我黑夜中的小太阳"，这诺言也落空了，最终"受难"只成为《叔叔的故事》① 中，叔叔所拥有的那样的可供炫耀的"资本"。

小说《病》② 结尾不免于直露，用"我"看到相片的方式，暗示"文革"中因呐喊"不做愚民做主人"而被打成"反革命"的，正是政治老师常自豪地提起的看到过"红太阳"的工人标兵妹妹。作者用政治老师上锁抽屉里藏着的"封资修"——小镜子、小花朵、香水瓶、男女青年手拉手唱歌跳舞的图片，用木菩萨一样躺在床上的政治老师，表现了在妹妹的死刑面前，这个美丽、温和的政治老师真诚信仰的覆灭。这种对"文革"愚民的指责，是符合官方意识形态在《关于建国以来党的若干历史问题的决议》中给出的界定的，某种程度上也已经是20世纪80年代可以公开言说的共识。而一开始颇有新意的文学处理，让"我"的思绪在政治课和担心婆婆的病之间不断自由跳跃，也为结尾处"我"信仰的紊乱提供了可以承续的文学形式，只是不知道这样的"紊乱"在小说情节发生的"文

---

① 王安忆：《叔叔的故事》，《收获》1990年第6期。

② 钟铁夫：《病》，载张锦贻等编《中国少数民族儿童小说选》，海燕出版社1990年版。该篇作品笔者研判为20世纪80年代的作品，但无法找到原始出处。

革"中，是否真的已经出现在某些人的脑海里。

第二节 "革命历史"如何被叙述

"革命历史小说"虽也描写战争、斗争，但是却不同于普泛意义上的战争小说，而是一种有着特定内涵"题材"，被认为是"在既定意识形态的规限内讲述既定的历史题材……承担了将刚刚过去的'革命历史'经典化的功能，讲述革命的起源神话、英雄传奇和终极承诺"①，"以对历史'本质'的规范化叙述，为新的社会、新的政权的真理性作出证明，以具象的形式，推动对历史既定叙述的合法化，也为处于社会转折期中的民众，提供生活、思想的意识形态规范"②。可以看到，革命历史小说用"一种话语组织了过去"③，这个过去是在中国共产党领导下"从胜利走向胜利"的历史。革命历史小说也"不仅仅是在描述一个客观的范畴，而是同时默认了一种先验的认识逻辑"④。在"革命历史"题材小说中，我们看到的是中国共产党指导思想——毛泽东思想"在场"指导的身影。"革命的少年儿童，在革命洪流里，沐浴着党的阳光，步伐豪迈，歌声嘹亮，斗志昂扬。他们跟随父兄，怀着美好的共产主义理想，不怕艰难困苦，不怕流血牺牲，刻苦地学习文化知识，努力掌握革命本领，忘我地参加战斗"，《"战

---

① 黄子平：《"灰阑"中的叙述》，上海文艺出版社 2001 年版，前言第 2 页。
② 洪子诚：《中国当代文学史》，北京大学出版社 2007 年版，第 95 页。
③ 李杨：《抗争宿命之路——"社会主义现实主义"（1942—1976）研究》，时代文艺出版社 1993 年版，第 10 页。
④ 同上。

斗的童年文学丛书"出版说明》① 很"高屋建瓴"地"勾勒"出了革命历史题材的小说、回忆录等所应该有的"光辉"的儿童主角"群象"。

"文革"结束后，尽管《关于建国以来党的若干历史问题的决议》迟至 1981 年 6 月才正式做出，但是作家们对于中国共产党领导下的革命和社会主义建设的"革命历史"却一直有着强烈的表达兴趣，这同时也是各种意见"交锋"的地方，与"拨乱反正"的现实步伐有关系，也体现了文学在当时社会生活中所处的中心地位。例如，《儿童文学研究》第 1 辑上《肃清流毒　解放思想　繁荣儿童文学创作》的社论中，就专门提到了关于"周总理"、"长征"这样的"革命历史"题材的"斗争"。

　　1976 年 2 月，在周总理逝世后的悲痛日子里，《上海少年》刊登了《周总理在少年宫》的纪念文章，触犯了"四人帮"的禁忌，使得"四人帮"在上海的余党大为恼火。他们要公开问罪吧，又张不开嘴；不问罪吧，又不甘心，于是说什么："今后刊物配合形势，要从大的方面配合；不要一时一事搞配合。"什么"一时一事"？什么是"大的方面"？这就不言而喻了。

　　1975 年出版社曾组织作者创作一本以长征为题材的短篇小说集《远征》。凡是提到长征的作品，"四人帮"无不恨之入骨。因为我们的老一辈革命家是他们篡党夺权的极大障碍。他们胡说："要出版这个集子

----

　　① 《"战斗的童年文学丛书"出版说明》，载严阵《荒漠奇踪》，中国少年儿童出版社 1981 年版。

是为老家伙评功摆好。"三令五申硬逼着作者中途停笔。直到"四人帮"粉碎之后，这个集子才和广大小读者见了面。从上面所举的两个例子，可以见到"四人帮"的文化专制主义为祸之烈。①

在此我们也可以从另一个侧面看到，"革命历史"题材叙事对现实政治斗争中的"叙述的合法化"关系之密切。也正因为如此，"文革"结束后，一些作家们的"拨乱反正"就从对"革命历史"的叙述开始，试图用这种叙事回到"文革"前的认识逻辑和意识形态规范，就像王蒙所说的："即使在最痛苦的日子里，我们的心向着党。而一旦重新允许我们拿起笔来，我们发出的第一声欢呼和呐喊，仍然充满了对党的热爱、信念和忠诚，我们所仇恨、所诅咒、所批判的正是党的敌人，正是危害党的病毒和细菌。"② 在儿童小说中，很多作家也是一重新拿起笔，就回到了这样的情感状态和思维逻辑之中，革命历史题材儿童小说的复兴、困顿和重新突破，也从这里开始。

陈模的长篇小说《奇花》③ 就是严格按照毛泽东思想对抗战阶段和各方力量的历史判断，展开儿童剧团的命运的。剧团里的曹正、剧团的负责人许英在国民党的各色引诱面前，因为专业理想、剧团经费等原因，也都曾彷徨过，给小说增添了紧张、诡谲的气氛。小说对灵魂

---

① 尚哨：《肃清流毒 解放思想 繁荣儿童文学创作》，载《儿童文学研究》第1辑，少年儿童出版社1979年版。
② 王蒙：《我们的责任（作协第三次会员代表大会上的发言）》，《文艺报》1979年第12期。
③ 陈模：《奇花》，中国少年儿童出版社1979年版。

人物周恩来的崇敬心情，像《儿童文学研究》第 1 辑社论那样，也是当时社会中的普遍敬仰周恩来的情绪的延伸，在《最难忘的时刻》①、《报童》②中也可以看到这样的呈现。

王愿坚"1976 年底至 1977 年上半年"写了"十篇小说"，包括《足迹》③、《标准》④、《路标》⑤、《草》⑥等短篇作品。他坦言"由于'四人帮'推行封建法西斯的文化专制主义，我写作短篇小说中断了十年，至今还处在'恢复期'"，"所取材的主要事件，必须是革命家生活经历的史实中曾经发生过的。而且应当核对确实、理解正确……写的是小说，是在文学作品中塑造革命家的形象，也就有'诗'的成分。所取的史实是创作的题材，可以也应该从'史'里找出'诗'来。革命家是创作描写的对象，是作品里的一个人物；不仅次要人物可以虚构和想象，就是革命家的形象也可以和应该在不违背基本性格特征的情况下，进行塑造和描写"⑦。他所说的"诗"性，在作品中体现为用象征性的意象、抒情性的语言去表现"革命家"在

---

① 冰心：《最难忘的时刻》，载《儿童文学》丛刊 2，中国少年儿童出版社 1977 年版。

② 相关的作品包括：邵冲飞、王正：《报童的怀念（小话剧）》，载《深切怀念敬爱的周总理小戏集》，人民文学出版社 1977 年版；陆扬烈、冰夫：《雾都报童》，载《儿童文学》丛刊 2，中国少年儿童出版社 1977 年版；陆扬烈、冰夫：《雾都报童》，少年儿童出版社 1977 年版；谢光宁（执笔）、王庆昌：《报童之歌（八场越剧）》，载《从奴隶到将军·电影与戏剧丛刊》，上海文艺出版社 1978 年版；邵冲飞、朱漪、王正、林克欢：《报童（六场儿童剧）》，河南人民出版社 1979 年版等。

③ 王愿坚：《足迹》，《人民文学》1977 年第 7 期。

④ 王愿坚：《标准》，《人民文学》1977 年第 7 期。

⑤ 王愿坚：《路标》，《人民文学》1977 年第 8 期。

⑥ 王愿坚：《草》，《人民文学》1977 年第 8 期。

⑦ 王愿坚：《写出感受的和相信的》，载《儿童文学》编辑部编《儿童文学创作漫谈》，中国少年儿童出版社 1979 年版。

一些重大的历史关头富有人格魅力的言行，从而体现他们对大方向的"英明"判断。

任大霖的《虾作》①里，金耿哥在全乡请龙王、迎神游乡的游行中，被鲁老太婆叫去做"替身"，臂上挂着玻璃灯在"猛日头"下，"百把里路烤下来"，发痧又得了伤寒，从被称为薛仁贵和赵子龙转世的全村出名的"大力士"小长工，变成了一个骨瘦如柴、不能动弹的残人。"他那古铜色的皮肤，那一块块饱满隆起的肌肉，那圆圆的孩子气的脸，那粗壮的胳膊和大腿……全都像变魔术似的消失了。"这一"形象"变化中所酝酿起的、少年的"我"的感伤情绪，得到了很好的把握。但是，碍于短篇的篇幅，同时作者又设立了明晰的、完全符合毛泽东阶级斗争理念的阶级分层和阶级斗争面貌，从而导致人物描写较为局促，小说对更广阔的社会层面的表现也未得到展开。任大霖随后出版的另一本长篇《哥哥廿四，我十五》②，从理念到情节，乃至胡爱华作为少女的成长的"叛逆"，都符合国家主义、集体主义的观念，似乎看不出《生活的路》、《本次列车终点》、《蹉跎岁月》等③"文革"刚结束时的关于知青的小说中，对"上山下乡"残酷性一面的"理解"。这种"理解"随后流行起来，某种程度上成为"共识"和"基调"。

《我跟师长过雪山》④、《第二次学徒》⑤、《芦笙的故

---

① 任大霖：《虾作》，《少年文艺》（上海）1979 年第 3 期。

② 任大霖：《哥哥廿四，我十五》，广东人民出版社 1984 年版。

③ 竹林：《生活的路》，人民文学出版社 1979 年版。王安忆：《本次列车终点》，《上海文学》1981 年第 10 期。叶辛：《蹉跎岁月》，中国青年出版社 1982 年版。

④ 赵华生：《我跟师长过雪山》，《少年文艺》（上海）1977 年第 8 期。

⑤ 沈虎根：《第二次学徒》，《少年文艺》（上海）1979 年第 6 期。

事》①、《扶我上战马的人》②、《不平的舞台》③、《西湖，你可记得我?》④ 等作品，和上文论及的王愿坚、任大霖的小说一样，都属于同一类型的诉说革命历史的"寓言"。根据表现的革命历史阶段不同，小说内容和表现方式会略有差异，比如《我跟师长过雪山》就着重表现长征路上充满力量感的情感撕扯场面，《第二次学徒》、《西湖，你可记得我?》着重于苦难的经历，《不平的舞台》延伸至大城市解放后共产党政权对大城市的接收和改造。《芦叶船》⑤ 几乎用小说的样式，完全图解了中国共产党对抗日战争的历史描述和敌我力量判断，尽管要承认陈涛区长、大顺哥哥忘我的牺牲精神依然具有让人"悲恸"的情感力量。相较于当下的商业影视剧在日军对村民集体杀戮上的表现，《芦叶船》里的伊藤在村民们爆发出"不准打小孩"的喊声，并"老老少少一齐涌了上来"后收手了，"在庄上放了一把火，烧掉了好几户人家，才带着人马回八滩去"了，显得很有"节制"。村里的老老少少也显得很有"觉悟"，已经被很好地"组织起来"。

　　邱勋的长篇《烽火三少年》⑥ 写了沂蒙山青石崮柳泉峪村民们在抗战的相持及反攻阶段悲壮的反抗历史。虽然始终着眼于柳泉峪及附近地方，着眼于村民们的生活，但是典型化地表现出的历史画卷是广阔的。在长篇小说的篇幅中，邱勋细致地表现了不同性格、处境、年龄的村民，

① 杨明渊：《芦笙的故事》，《滇池》1980 年第 3 期。
② 张映文：《扶我上战马的人》，《延河》1980 年第 6 期。
③ 洪汛涛：《不平的舞台》，少年儿童出版社 1983 年版。
④ 郁茹：《西湖，你可记得我?》，浙江少年儿童出版社 1983 年版。
⑤ 汪雷：《芦叶船》，中国少年儿童出版社 1980 年版。
⑥ 邱勋：《烽火三少年》，中国少年儿童出版社 1984 年版。

面对日本侵略者及伪军的残酷暴行的时候，逐渐累积起来的坚定的反抗力量。尽管正义的人们识破了叛变的特务的伎俩，作者却没有将战斗简单化。在老人、儿童被骗入麦垛活活烧死的场景面前，在陈虹牺牲的时候，无论是儿童、还是成人，都需要在心灵上接受严酷的考验。小说中男孩石头、留孩，也因为严峻的生活，在精神上迅速成人了。一个标志就是已经没有心思再顾得上儿时的玩耍。

《蛮帅部落的后代》①用的是将部落仇恨微妙地转化为阶级仇恨的手法，化解阿佤人内部的矛盾。凤竹部落的娜依阿妈、挨索阿叔与失去家园的岩珊之间逐渐深厚的温暖关系，让小说对阶级力量变化的描述变得切实、可信。在小说一开始讲述的阿佤人械斗、仇杀中不杀妇女、娃娃的惯例中，隐隐地已经积蓄起了人道的反抗力量。谢璞的《忆怪集》②，和集子的名字一样，讲的都是追忆"旧社会"的"苦痛"之作，但各篇作品在处理方法上略有不同，《"芦芦……"》更像散文化的现实笔法，而《苦啊！嘎咯》则是这本集子里最恰到好处的革命历史寓言，在几个儿童鲜活互动中，"轻巧"地托出了传奇人物嘎咯背后的隐情。

周晓在读了凌立的《幼年》③后就大赞这样"充满生活情趣和儿童情趣的书，倘若在过去，那也不可避免地要被列入'不宜提倡'一类里去的。《幼年》写的的确是地地道道的儿童生活，从牙牙学语、蹒跚学步到顽皮嬉戏、摹拟生活；但从这些最平常不过的儿时琐事中，作者在陕甘宁边区的背景下，却如此奇妙地展现了一个崭新的世

---

① 彭荆风：《蛮帅部落的后代》，少年儿童出版社 1979 年版。
② 谢璞：《忆怪集》，湖南少年儿童出版社 1981 年版。
③ 凌立：《幼年》，中国少年儿童出版社 1980 年版。

界，反映了新中国诞生过程中那个极可怀念的光彩年代的眉目、风貌和脉搏。这样的儿童生活，这样的儿童情趣，它的思想容量不可低估，我看比起那些干巴巴的作品来，它更真实可信，也更细致入微地表现了通常所说的时代精神"①。《幼年》②尽管是对亲历的革命历史的回忆，但一来年代久远，二来她回忆的是记事尚不完整的极年幼时代的事情，也难免有整理、剪辑的色彩。扉页上"谨以幼年纯真而美好的记忆献给妈妈们和孩子们"的献词，也是极富象征色彩的。"三十年后的一个春节，我们原先在延安几个保育院待过的孩子聚在一起，关上门窗，拉起手风琴，整整唱了一个上午。从《兄妹开荒》、《大生产》、《保育院院歌》开始，唱遍了我们记忆中延安和老解放区的歌。嗓子唱哑了，眼泪唱出来了，仍然不停地唱下去，唱下去。我们的保育院，我们的延安，我们在延安，我们在延安和解放区度过的整个童年又出现在我们眼前，它永远那么亲切、新鲜，永远使我们怀念。"这种饱经岁月沧桑之后纯真、美好、炽烈的革命怀想，正好吻合了"拨乱反正"的领导者们心中对革命、对延安的情感，或许也正符合他们对革命历史题材文学作品的预期。而就像殷健灵的《1937·少年夏之秋》③"巧妙地"戛然而止于可能的骨肉相认的欣喜之中，而没有向新政权成立后夏之秋们经历的"历劫"运动延伸一样，《幼年》也终止于解放战争的豪迈征程中，从而仅止于美好的"怀想"，避免了回答革命胜

①　周晓：《读儿童文学散文创作札记——关于〈童年时代的朋友〉〈幼年〉及其他》，《读书》1981年第6期。

②　凌立：《幼年》，中国少年儿童出版社1980年版。

③　殷健灵：《1937·少年夏之秋》，贵州人民出版社2009年版。

利后的很多复杂历史问题。

刘先平的《呦呦鹿鸣》也是把对"伤痕"创伤的形成和修复的表现，放置在对整个社会主义建设历史的理解之中的。"老人在思索他们昨儿来后的一言一行。他们的谈吐，他们的作为，异样而又教人感到入耳、悦目。不像近年进山的一些山外客，总是一边谈路线斗争、阶级斗争、割资本主义尾巴；一边打听木耳、香菇、樟木板的价格，想买到便宜的山货。"与雷大爷对之前满口马克思主义却主要留心哪里能买到便宜的山货的干部相比，陈炳岐俨然成了社会主义道德的"道成肉身"。革命历史叙述忆苦思甜，是当下叙事的逻辑来源。方玲及时出现解救了陈炳岐，以及下文叙事中种种的巧合，与革命历史题材小说的传奇叙事手法也有着一致性。

当然，对革命历史的文学讲述，也并不是一成不变地遵循着既有的范式，而是悄然地发生着变化。任大霖的《龙凤》[①]里，"毁林炼钢"、"全民办钢铁"的信仰崩塌了。在亲近、尊重自然的"面目"下，更为深层、更为神秘而隐晦的价值理念在复归。《野孩子阿亭》[②]里，周晓所说的"真正独特的性格和命运"和"人物的神髓"[③]，来自于岑桑对儿童视角拿捏得很到位。当稚态的或充满乡野气息的陌生感出现在为阶级斗争所"操劳"的读者面前时，才会有周晓这样的欢呼和赞誉。而这种陌生感，得自人们的阅读经验比较。当过多地读了"干巴巴的作品"中充溢

---

① 任大霖：《龙凤》，《少年文艺》（上海）1988 年第 1 期。
② 岑桑：《野孩子阿亭》，《儿童文学》1980 年第 2 期。
③ 周晓：《儿童文学的报春燕——1980 年以来儿童短篇小说创作管窥》，《儿童文学选刊》1981 年第 4 期。

的、重复的宏大叙事，或是会有些过于甜腻的"牙牙学语"的儿童文学叙述之后，叙事手段上的一点改变也就得到了正面的肯定。

对于另一部作品《山高水长》①，周晓则显得有些疾言厉色："我愿意说得更直率一点，小说里那些大段大段的'政治抒情'（且不说这对儿童小说是否相宜——周晓注），很容易使人联想起'样板戏'的所谓'大段唱腔'，只不过经过更工细的雕琢罢了。我认为这样的创作道路无异于歧路，肯定这样的创作道路，肯定作品的这种倾向，既于儿童文学界肃清'左'的流毒不利，也于作者今后的创作不利。即以艺术上的问题而论，我觉得也是有教训可以汲取的：过分雕饰的华词丽句，也和矫揉造作的感情一样，决不是诗情的表现。"②

谭元亨的《抓来的"老师"》③以"人"的同理心去看待被红军抓来的"老师"国民党党员吴先生，显示了和"文革"时期比较，"统战"气氛更为宽松了，但同时也是符合毛泽东新民主主义论述的，并不"出格"。"当年，闹辛亥革命，反对清廷，他曾站在历史的潮头上。他投笔从戎，参加过刺杀清朝命官、筹办炸药枪支的活动。他早年，离家出外投学，到过南洋等地，在侨民中募集过资金支持孙中山先生的同盟会。因此，在早期国民党中有声誉。孙中山先生去世后，他目睹同僚勾心斗角，尔虞我诈，大为失望，就告老还乡……由于国民党多年对'共

---

　①　邱勋：《山高水长》，山东人民出版社1978年版。

　②　周晓：《论辩品格、"左"的影响及其他——再评赵耀堂、肖甦同志的评论》，载《儿童文学研究》第10辑，少年儿童出版社1982年版。

　③　谭元亨：《抓来的"老师"》，载《未来》第2辑，江苏人民出版社1982年版。

产'、'赤化'的宣传，共产党、红军被诬蔑为一群野蛮、杀人的土匪，因此他也曾经赞同儿子参与'剿匪'。这些日子来，他对我们这些学生，以及我爹爹等人，开始有了一些好感，重新作了认识，对红军严明的纪律也颇为叹服。"这里不仅是政治理念的逐渐认同，也包含着人与人交往中，这位"老师"所具有的善良天性的发掘。相比之下，小说通过吴先生临终的口对"管军火库"的大儿子的最终"定位"是"畜生！背信弃义的东西……你这人面禽兽！没一点人性的东西，你杀的就是救过你爹爹命的伢子！这就是你的孝道么"，"这才是野蛮，野蛮对渴求文明的人的杀戮……竹妹子，你们才是孙先生的真正弟子；民族的重望"，回归到了毛泽东新民主主义论里划定的"正统"。相比之下，后来参加了抗日救亡工作的"长得白净、秀气，眼睛很有神，显得有主见和干练"的吴先生的孙女，"是他二儿子的娇女。他父亲后来还为我们党做了不少统战工作"。通过这样的策略，作者也很成功地将"革命"与"反革命"的差别，转化为了人品质的差异，站在党一边的、认同党的理念的都是人格高尚的人，反之则是野蛮而人格低下的人。从这里我们也可以拟测，"人道主义"思潮的逐渐兴盛，让当时人们对"革命"历史题材的写作模式也产生了不同于以往的期待。虽然小说也严格遵循了官方意识形态对革命历史、对统一战线历史进程的描述，但是，小说中人物身上的人性表现和体谅逐渐开始得到重视。胡万春的《金马玉堂》，相较于他的另一个姊妹篇《广告人》①的疾言厉色的控诉，就来得更细腻、更入

---

① 胡万春：《广告人》、《金马玉堂》，载胡万春《广告人》，少年儿童出版社 1981年版。

儿童角色的内心，尽管只是在某几个片段上。

在对历史的"思考"和"承载"中，尽管故事还是革命历史、道德教育的故事，但是我们发现儿童小说的"立场"已经悄然移步，有的时候甚至有可能是作者的一种不自觉的笔间流露。比如上文提及的郁茹的《西湖，你可记得我？》里，颇有魏晋风骨和现实担当的大伯和"本家财主老爷"，就都很淳朴、感人。尽管根据后来的土地革命的标准来衡量的话，"本家财主老爷"的成分很"高"，是地主。这样的叙事面向，在之前更"纯化"的革命历史题材小说中，是不可能出现的。

峻青的《风林》①，从"我"和风林拾草打柴起笔，最终自然过渡到风林参加革命并英勇牺牲的事迹。和同类题材的小说相比，显得气韵生动，自然将读者带入乡村生活环境里主人公的成长。卢振中的《小十五儿》②在自我调侃中讲述"小十五儿"的趣事。通过"我"诙谐的语态，小十五儿主动帮助八路军收布，再提要求加入八路军的经过才显得更加有趣了。在"我"和小十五儿一问一答间，再加上"我"的心理活动，把两个八路军"小鬼"的神态凸显出来。如果说《小十五儿》只是使用了"我"的幽默口吻，而没有更多价值理念的话，顾骏翘的《枕在水巷上的小楼》③里的"我"则在几重矛盾心理中彷徨。奶奶新中国成立前在美国人办的育婴堂里当过嬷嬷，她认错了，还需要被踏上一只脚，叫她永世不得翻身吗？"我是一个

---

① 峻青：《风林》，载《巨人》儿童文学创作丛刊1984年第4期，少年儿童出版社1984年版。

② 卢振中：《小十五儿》，《儿童文学》1981年第4期。

③ 顾骏翘：《枕在水巷上的小楼》，《儿童文学》1982年第10期。

中队长，去看这样的人好吗。"而作者隐隐地想发问的其实是另一个隐含在小说的只言片语间的问题。在爸爸看似义正词严的政治正确的话语中，我们可以找到的是占有了母亲的大房子但并不想赡养老人的中年人的影子。老奶奶想念幼儿园，想念孩子们，对幼儿园的照顾很感激，给幼儿园的孩子们编六一节礼物。她是否真如爸爸所说的那么坏，育婴堂是否真的像爸爸说的，仅仅是"摧残我国儿童的活地狱"。作者用一个关于育婴堂嬷嬷的当代遭遇的故事，让一些看似真理的结论被质疑了。"好孩子，人要都像你这样多好"，作者在文辞隐约间，接力了"人性"论的思考。《蝈蝈声声》①里，当年当兵参军的过往历史被淡化成背景。虽然二牛说出的话"你铁柱子叔是县长、县大老爷，搁在老年间，平头百姓见了，都要磕头下跪"，"如同一记耳光，狠狠地抽在我的脸上，顿觉一阵火辣辣，浑身禁不住抽搐起来"，但是"我"找寻不回的其实不仅仅是记忆中的乡村，更主要的还在于时间的阻隔，无可避免地导致的人事沧桑、心灵的距离。更何况，分别时二牛们和"我"都还只是孩子，成长的变化当然更大。

　　详细讲述了"文革"经过的长篇小说《乱世少年》②，初版于 1983 年。尽管在 2012 年 7 月作者萧育轩逝世时，中国作协机关报《文艺报》所刊发的讣告③中，将《乱世

---

① 卢振中：《蝈蝈声声》，《儿童文学》1982 年第 8 期。
② 萧育轩：《乱世少年》，少年儿童出版社 1983 年版。
③ 《萧育轩同志逝世》，《文艺报》2012 年 7 月 25 日第 2 版。讣告全文为："湖南省作协原副主席萧育轩同志，因病于 2012 年 7 月 22 日在长沙逝世，享年 75 岁。萧育轩，原名萧毓辉。1962 年开始发表作品。1979 年加入中国作家协会。著有长篇小说《乱世少年》、《山水依依》、《三怪客》，短篇小说集《迎冰曲》、《西方来客》、《战冰冻》，散文集《夜笔留痕》。《乱世少年》获陈伯吹儿童文学奖长篇小说奖、第一届全国优秀儿童文学奖长篇儿童小说奖、国家优秀儿童读物二等奖等。"

少年》作为其重要的作品做了描述。但是，与同时获第一届全国优秀儿童文学奖长篇小说不断得到重版相比，根据笔者目前所掌握的材料来看，《乱世少年》在1986年后就再也没有重版机会了。这似乎也是因为这部小说尽管仍然遵循了"社会主义现实主义"的创作要求，但是对"文革"这段"革命历史"的内部结构做了"过度"详细的记录，而且有些记录可能是被"忌讳"的。他的另一个短篇《烛泪》①，尽管写的都是"文革"中让人感动的"好人"：聪颖而坚持学习的温龙、"为人正直、又是仗义庇护工人兄弟的遗孤"的老工人陈柏生、在被"专政"的工棚里给温龙上课的"甄老师"们，但是萧育轩丝毫也不避讳地直言，"文革"结束后的这次招考"少年班"的行动，"上面采取了保密措施，名义上是怕打扰你们，实际上是为了独揽春光，想把几个干部子弟塞进去"，让人在习惯被称为"春天"的历史时间里，仍感到一丝失望的寒冷。

常新港的《十五岁那年冬天的历史》② 充满的是对人性的失望，用赤裸裸地、冷酷的嘲弄和质疑，解构了历史的崇高感。1969年中苏武装冲突让靠近界江生活的各色人物都"现形"了。上海女知青夏老师、班长团支部书记刘征相继逃回了老家，直到战火平息，又"义正词严"地回来"接手"班级。在常新港的笔下，夏老师、刘征的权威感得到了彻底的挖苦和讽刺，"跟我谈兄弟！谈姐妹？！我这个土生土长的孩子挖防空洞的时候，我的班长兄弟上哪里去了？那时候我多希望听见班长好听的声音！我成了跛子蹲在防空洞里时，我的教师姐姐上哪里去了？是不是漫

---

① 萧育轩：《烛泪》，《少年文艺》（上海）1980年第11期。
② 常新港：《十五岁那年冬天的历史》，《东方少年》1986年第12期。

步在上海豫园里看金鱼?"在雷加的抱怨中，我们可以感到的是一种被抛弃感。

梅子涵的《黑色的秋天》① 发表于 1989 年，《我们没有表》② 发表于 1990 年，将叙述鲜活的笔触伸向了"文革"深处。叙述视角的张力，被作者运用于表现意外频发的"串联"路程，也正符合了小说"我们没有表"的主题。《我们没有表》、《咖啡馆纪事》③ 这两篇同发表于 1990 年的梅子涵创作生涯中的重要小说，似乎是象征，既有 80 年代的激情和西方文化渗入生活的影子，又像是一个"终结"，开始渐渐具有了商业文化的气息，比如火车上的惊险情节、颇有阅读趣味的人物的自我及相互打趣，和《叔叔的故事》④、《故乡天下黄花》⑤、《坚硬如水》⑥、《怀念声名狼藉的日子》⑦ 等 90 年代及以后的"革命"题材小说一样，开始走向了对"革命历史"的另一种"新写实"的书写。

第三节　"经典"的建构与文学体制发展

1979 年年初，《文艺报》、《电影艺术》、《文艺研究》等刊物，发表了周恩来 1961 年、1962 年间的讲话《在文艺工作座谈会和故事片创作会议上的讲话（一九六一年六

---

① 梅子涵:《黑色的秋天》,《少年文艺》（上海）1989 年第 2 期。
② 梅子涵:《我们没有表》,《儿童文学》1990 年第 4 期。
③ 梅子涵:《咖啡馆纪事》,《儿童文学》1990 年第 9 期。
④ 王安忆:《叔叔的故事》,《收获》1990 年第 6 期。
⑤ 刘震云:《故乡天下黄花》,中国青年出版社 1991 年版。
⑥ 阎连科:《坚硬如水》,《钟山》2001 年第 1 期。
⑦ 池莉:《怀念声名狼藉的日子》,《收获》2001 年第 1 期。

月十九日）》①、《对在京的话剧、歌剧、舞剧、儿童剧作家的讲话（一九六二年二月十七日）》②。李季在《中国作家协会筹备组关于作协恢复活动以来的工作情况报告》③里认为："今年二月,《文艺报》又和《电影艺术》同时发表周恩来同志《在文艺工作座谈会和故事片创作会议上的讲话》。这一重要文献的发表,有力促进并正确指引着文艺界的思想解放运动。"

　　这和《周总理和我亲又亲》④、《扶我上战马的人》⑤、《我跟师长过雪山》⑥等"革命历史"题材作品一样,是"拨乱反正"中的人们试图抓住的"正"。有的研究者甚至将《在文艺工作座谈会和故事片创作会议上的讲话》,与毛泽东1942年5月的《在延安文艺座谈会上的讲话》相提并论,认为"这篇讲话的丰富性和科学性,正如毛泽东同志的《在延安文艺座谈会上的讲话》等有关文艺的精辟论著一样,是发展我国革命文艺事业、促进社会主义文艺创作的强大的武器和指针"⑦。显然,这时人们还"不可能去分析60年代初周恩来的文艺言论与毛泽东在延安文艺座

---

① 周恩来:《在文艺工作座谈会和故事片创作会议上的讲话（一九六一年六月十九日）》,《文艺报》1979年第2期;《电影艺术》1979年第1期;《红旗》1979年第3期等。

② 周恩来:《对在京的话剧、歌剧、舞剧、儿童剧作家的讲话（一九六二年二月十七日）》,《文艺研究》1979年第1期。

③ 李季:《中国作家协会筹备组关于作协恢复活动以来的工作情况报告》,载《中国文学艺术工作者第四次代表大会文集》,四川人民出版社1980年版。

④ 思恩写,冯一鸣、陈望秋画:《周总理和我亲又亲》,少年儿童出版社1979年版。

⑤ 张映文:《扶我上战马的人》,《延河》1980年第6期。

⑥ 赵华生:《我跟师长过雪山》,《少年文艺》（上海）1977年第8期。

⑦ 冯牧:《谈谈发扬社会主义文艺民主问题》,载《儿童文学》编辑部编《儿童文学创作漫谈》,中国少年儿童出版社1979年版。

谈会上的讲话的内在一致性，从而把'一个时期的错误'归结为'一个人的错误'"①。

　　周恩来的讲话基本是在具体落实"调整、巩固、充实、提高的方针"，一时一地地阐发党的文艺政策，但也运用了一些与官方文化管理体制的口径不完全吻合的、形象而具体的说法。例如，2011 年 10 月，在国家广播电影电视总局颁布俗称"限娱令"的《关于进一步加强电视上星综合频道节目管理的意见》后，就有网友引用周恩来《在文艺工作座谈会和故事片创作会议上的讲话》中的词句，像"文艺的形式是多种多样的，不能框起来"，"艺术作品的好坏，要由群众回答，而不是由领导回答；可是目前领导决定多于群众批准"，"人民喜闻乐见，你不喜欢，你算老几？上海人喜爱评弹、淮剧、越剧，要你北京人去批准干什么"，等等，来调侃"限娱令"，也体现了周恩来讲话在细节上的某种"异质性"。

　　周恩来的这两篇讲话直接点到儿童剧的，只有一句话："对时代精神要作广义的了解，不能被时代精神拘束了，否则你就不能写历史剧、神话剧、童话剧了。如果只是把现实生活搬上舞台，那有什么看头？"但是，全文所谈的问题，可以说无一不和儿童文学创作的政策环境息息相关。1979 年 8 月，《儿童文学研究》上贺宜的文章《发扬艺术民主　尊重艺术规律》②，以及综述《学习周总理的讲

---

① 席扬：《论中国当代文学史研究的发生与发展》，《中国现代文学研究丛刊》2008 年第 6 期。
② 贺宜：《发扬艺术民主　尊重艺术规律》，载《儿童文学研究》第 2 辑，少年儿童出版社 1979 年版。

话 繁荣儿童文学创作——作家协会上海分会儿童文学组学习周恩来同志在文艺工作座谈会和故事片创作会议上的讲话座谈记要》①，也均是围绕周恩来所讲到的文艺政策与文艺自身发展规律之间的关系问题，结合发言者各自切身的历史经历和感受，发出了肺腑之言，期望儿童文学创作的政策环境能有一个根本的转变，保障儿童文学的良性发展。

王尧认为，"当在文学史论述中考察文学的文化语境时，已经无法将 80 年代文学的背景孤立起来，它与之前之后的关联，正是'经典社会主义体制'形成和变革的全过程"②。而从对领袖讲话一时一地、亦步亦趋的阐释，到官方意识形态得到更为隐蔽、宽泛表达的文学奖励制度的建立，正折射出 20 世纪 80 年代"社会主义体制的形成与变革"的具体形式。依靠"1954—1979 第二次全国少年儿童文艺创作评奖"、"宋庆龄儿童文学奖"、"全国优秀儿童文学奖"、"新时期（1979—1988）优秀少年儿童文艺读物奖"、"1982—1988 全国优秀少儿读物奖"等先后出现的奖励制度，20 世纪 80 年代的一批儿童小说作品得以进入被"经典"化的序列。

"1954—1979 第二次全国少年儿童文艺创作评奖"虽然在名称上涵盖了"文革"十年，但除李凤杰的《铁道小卫士》③外，获奖作品基本可以分为"文革"前的作品和

---

① 《学习周总理的讲话　繁荣儿童文学创作——作家协会上海分会儿童文学组学习周恩来同志在文艺工作座谈会和故事片创作会议上的讲话座谈纪要》，载《儿童文学研究》第 2 辑，少年儿童出版社 1979 年版。

② 王尧：《"重返八十年代"与当代文学史论述》，《江海学刊》2007 年第 5 期。

③ 李凤杰：《铁道小卫士》，《陕西文艺》1975 年第 2 期

"文革"后的作品①。周扬在颁奖仪式上提到，"这次评奖和第一次评奖，还有一点不同，增添了一项荣誉奖。这是专为'五四'以来的老一辈少年儿童文艺家们而设的……我们用荣誉奖的形式向他们表示尊重，也就表明，我们尊重自己的历史"②。因为在第一次评奖中，已经涵盖了1949 年之后的新作品，"荣誉奖"的设立其实就是对现代儿童文学作家、作品做了"经典"化的追授。就像茅盾所

① 获奖的小说、童话、科学文艺中，发表于"文革"后的作品分别是（按获奖名单上的次序排列），一等奖：叶永烈：《小灵通漫游未来》，少年儿童出版社 1978 年版；郑文光：《飞向人马座》，人民文学出版社 1979 年版。二等奖：王安忆：《谁是未来的中队长》，《少年文艺》（上海）1979 年第 4 期；瞿航：《小薇薇》，《北京文艺》1979 年第 6 期；王路遥：《破案记》，《儿童文学》1979 年第 11 期；程远：《弯弯的小河》，载《儿童文学》丛刊 9，中国少年儿童出版社 1979 年版；罗辰生：《吃拖拉机的故事》，《儿童文学》1979 年第 7 期；方国荣：《失去旋律的琴声》，《儿童时代》1979 年第 16 期；陈模：《奇花》，中国少年儿童出版社 1979 年版；童恩正：《雪山魔笛》，《少年科学》1978 年第 8、9 期连载。三等奖：刘心武：《看不见的朋友》，《少年文艺》（上海）1979 年第 1 期；李迪：《野蜂出没的山谷》，人民文学出版社 1979 年版；谷应：《伶俐与笨拙》，《革命接班人》1979 年第 7 期；郑开慧：《鲁鲁和弟弟的遭遇》，载《儿童文学》丛刊 9，中国少年儿童出版社 1979 年版；尤凤伟：《白莲莲》，《人民文学》1979 年第 6 期；陈传敏：《爸爸》，《儿童文学》1979 年第 11 期；明连君：《台阶上的孩子》，《山东文学》1979 年第 1 期；彭荆风：《蛮帅部落的后代》，少年儿童出版社 1979 年版；金振林：《小黑子和青面猴》，《儿童时代》1979 年第 19 期；戴明贤：《报矿》，载戴明贤《岔河涨水》，贵州人民出版社 1979 年版；李仁晓：《小粗心》，福建人民出版社 1979 年版；严振国：《冷丫》，《鸭绿江》1979 年第 2 期；奚立华：《燃烧的圣火》，少年儿童出版社 1979 年版；梁学政：《盼望》，《人民文学》1977 年第 6 期；杨书案：《小马驹和小叫驴》，载《儿童文学》丛刊 6，中国少年儿童出版社 1978 年版；康复昆：《小象努努》，载《儿童文学》丛刊 10，中国少年儿童出版社 1979 年版；郭大森：《天鹅的女儿》，《吉林文艺》1978 年第 3 期；顾骏翘：《丰丰在明天》，中国少年儿童出版社 1978 年版；孙幼忱：《小狒狒历险记》，少年儿童出版社 1978 年版；尤异：《彩虹姐姐》，少年儿童出版社 1979 年版；金涛：《大海妈妈和她的孩子们》，科学普及出版社 1979 年版；刘后一：《"北京人"的故事》，上海人民出版社 1977 年版；励艺夫：《拍脑瓜的故事》，科学普及出版社 1979 年版；嵇鸿：《"没兴趣"游"无算术国"》，原载 1977 年 11 月 23 日《红小兵报》，载《童话选》，上海教育出版社 1978 年版。另有林呐《看路人》、周骥良《聪明的药方》、赵镇南《互助》、王兰《纳拉》、长正《夜奔盘山》、赵世洲《自然界的启示》、小蓝《小嘀咕》等篇目出处不详。

② 周扬：《为了未来的一代——在第二次全国少年儿童文艺创作评奖授奖大会上的讲话》，载第二次全国少年儿童文艺创作评奖委员会办公室编《儿童文学作家作品论》，中国少年儿童出版社 1981 年版。

期许的那样，"七十年前，商务印书馆编译的童话如《无猫国》之类，大概有百种之多，这中间五花八门，难道都不适合我们这时代的儿童么？何不审核一下，也许还有可以翻印的材料"①。《童话》丛刊第 1 辑②、第 2 辑③重新发表张天翼的《秃秃大王》，起到的也是这样一种重新"经典"化的效果，显示了编选者所期望产生的示范效应。

一等奖的小说、童话、科学文艺获奖作品中，仅有叶永烈的《小灵通漫游未来》和郑文光的《飞向人马座》为"文革"后作品。依周晓的话来说是"以创作而论，去年以来，儿童文学短篇小说虽然出现了几篇使人一新耳目的新人新作，童话创作也比较活跃，这是可喜的现象。然而我感到，儿童文学创作的发展是迟缓的。例如 1978、1979年两次对首先脱颖而出、起了报春作用的优秀短篇小说的全国评奖，其中没有一篇儿童小说获奖。去年举行的二十五年来的全国少年儿童文艺评奖，一等奖绝大多数是 50年代的作品，近三年来的一篇也未能入选……三年多来这种状况虽有不少变化，但还没有根本改观。一些在一般文艺创作中已遭到唾弃的清规戒律，在儿童文学领域内仍在创作中起作用，理论上也没有廓清"④。跟二等奖中的《失踪的哥哥》、《谁丢了尾巴》、《布克的奇遇》、《雪山魔笛》等相比，《小灵通漫游未来》、《飞向人马座》中指向未来、

① 茅盾：《中国儿童文学是大有希望的——中国文联副主席、中国作家协会主席茅盾同志一九七八年十二月二十七日会见儿童文学创作学习会全体学员时的谈话》，载《儿童文学》编辑部编《儿童文学创作漫谈》，中国少年儿童出版社 1979 年版。

② 《童话》第 1 辑，新蕾出版社 1980 年版。

③ 《童话》第 2 辑，新蕾出版社 1981 年版。

④ 周晓：《儿童文学创作要有大的突破》，《人民日报》1981 年 2 月 18 日第 5 版。

"向科学进军"的意蕴确实更浓一些。童恩正的《雪山魔笛》是笔法朴实、纪实地将用藏传佛教遗址发掘中发现的、原本属于喇嘛的、使用人的胫骨制作的笛子，唤来周围山上的人猿的事件，去"迷信"化、去神秘化，将之变为在社会主义制度下，各学科协作而发现人猿仍然存在并说明笛声唤来人猿的科学原理的科学教育故事。

王安忆的《谁是未来的中队长》、瞿航的《小薇薇》、方国荣的《失去旋律的琴声》、程远的《弯弯的小河》等思虑"文革""伤痕"的小说，亦位列二等奖。《谁是未来的中队长》中的李铁锚，可说是《我要我的雕刻刀》[①]中的章杰的"先锋"，而且王安忆着意从社会整体层面上去表现张莎莎、张姓的车间主任给人的不良观感。开放式的结局，其实包含着对李铁锚们的深深褒奖。小说提出的问题作为话题本身，可以说至今也未在中国的现实中闭合，是一个社会治理中交杂着情感态度、人际关系、制度设计和价值信仰等关系的话题。《白莲莲》对"芝麻大的污点，甚至是纯属虚构的'污点'"所隐含的现实政治中儒家般的"政治道德化"的思维方式并没有"深耕"，而是用同样的道德的方式去解决，用白莲莲"清澈如水的眼睛"、"坦然"的心情，去"纠正"错误，收束结尾，而没有也不可能触及"政治道德化"的思维方式和制度设计本身。《人民文学》选择发表这篇作品，也是这种有限"纠正"的姿态与官方意识形态内在容忍度一致性的体现。《鲁鲁和弟弟的遭遇》用挖掘"文革"中保护鲁鲁和弟弟的

---

① 刘健屏：《我要我的雕刻刀》，《儿童文学》1983 年第 1 期。

世交、好人的方式，帮助他们坚韧而正直地度过了困苦，迎来了好人好报、苦尽甘来的传统戏曲似的大团圆结局。《小薇薇》、《小黑子和青面猴》中最纯美的是自然、乡野气息。王路遥的《破案记》、罗辰生的《吃拖拉机的故事》都属于针砭时弊的作品。其他很多作品如《看不见的朋友》、《聪明的药方》、《小粗心》都一般地指向了日常生活习惯、品行的教育。《小粗心》因夸张而产生幽默效果，《伶俐与笨拙》里社会活动丰富、形象出众的陶嘉的分裂面目，似乎成了张莎莎的变异版，因世故老师面前一套背后一套，而有些不堪和让人不寒而栗。从整体上来看，在符合官方意识形态宏观要求的基础上，突出正面道德榜样的引导和规训作用，是大部分获奖作品的共性。

发表于 1975 年、获三等奖的《铁道小卫士》的笔法，是同一时期"文革"文学的读者所熟悉的。作者用学习铁道卫士、在暑假成立红小兵护路队，来对抗暑假布置很多作业的"智育第一"的"邪路"。小英雄铁雄对阶级斗争有着敏感、透彻的认识，地主、上中农等均依成分不同，对铁道交通有不同程度的破坏野心。上中农王占利只是到铁道上揽路基石，地主张贵就蓄意陷害管理学校的贫下中农代表，并直接制造了让牛娃在铁轨上让火车车轮把钢丝轧成小刀的惊险事件。由于并没有将对"智育第一"的批判引向"批林批孔"，这或许应该是"文革"结束后，小说仍能安然位列三等奖的原因。

奖励制度的设立和完善，也呼应了作家们希望提高儿童文学这一文学门类的地位的期盼。刘厚明在外事访问回来之后，就撰文呼吁："'推墙'的工作还有赖于提高儿童文学及其作家的地位。我再重复一遍，我们不希望像南斯拉夫的儿童文学作家那样，得到'最高地位'，只是希望和其他作家平起平坐。例如，全国作协设立的文学评奖中，有短、中、长篇小说，有诗歌，有报告文学，独独没有儿童文学，这公平吗？难道儿童文学不算文学，不属作协关心的范围之内？儿童文学从理论上不再是'低人一等'了，成人文学作家写儿童文学自然就不会再有'屈才'之感。"[1] 刘厚明作为对文学体制具有影响力的体制内人士[2]，相信他的呼吁也有助于中国作家协会"全国优秀儿童文学奖"这样常态化的儿童文学奖项的设立。尽管，就像洪治纲在《无边的质疑——关于历届"茅盾文学奖"的二十二个设问和一个设想》[3] 中对茅盾文学奖提出激烈的质疑一样，全国优秀儿童文学奖的评选也并不是丝毫不容置喙的，但是全国优秀儿童文学奖、茅盾文学奖确实和鲁迅文学奖、全国少数民族文学创作骏马奖一起，建立起了针对各个文学门类的"国家级"奖励制度，并裹挟着可能附加的巨大的政治、商业利益，在文学"失却轰动效应"的时代里，激励着、奖掖着文学创作者们。

中国作家协会首届（1980—1985）、第二届（1986—1991）全国优秀儿童文学奖，分别于1988年3月、1993年2月揭晓。在"以票数和篇名笔画为序"的首届全国优

---

① 刘厚明：《推倒这堵墙——编余札记之三》，载《儿童文学研究》第19辑，少年儿童出版社1985年版。

② 例如，在1989年4月去世前，刘厚明曾出任过中国作家协会儿童文学委员会副主任、文化部社会文化局副局长、全国少年儿童文化艺术委员会副秘书长、文化部少年儿童文化司司长等职，据《刘厚明同志逝世》，《剧本》1989年第5期。

③ 洪治纲：《无边的质疑——关于历届"茅盾文学奖"的二十二个设问和一个设想》，《当代作家评论》1999年第5期。

秀儿童文学奖获奖名单①中，《寻找回来的世界》②、《乱世少年》③ 两部涉及 "文革" 的长篇小说，尽管篇名笔画较少，但是均排在了另两部对更早的、较少异议的革命历史进行记述的长篇小说《荒漠奇踪》④、《盐丁儿》⑤ 之后，这也

①　根据评委会公布的名单，中国作家协会首届（1980—1985）全国优秀儿童文学奖获奖作品（以票数和篇名笔画为序）为：1. 长篇小说：严阵：《荒漠奇踪》，中国少年儿童出版社 1981 年版；颜一烟：《盐丁儿》，中国少年儿童出版社 1985 年版；柯岩：《寻找回来的世界》，群众出版社 1981 年版；萧育轩：《乱世少年》，少年儿童出版社 1983 年版。2. 中篇小说：程玮：《来自异国的孩子》，少年儿童出版社 1984 年版；郑春华：《紫罗兰幼儿园》，《巨人》儿童文学创作丛刊 1984 年第 4 期，少年儿童出版社 1984 年版。3. 短篇小说：关夕芝：《五虎将和他们的教练》，《儿童文学》1983 年第 11 期；邱勋：《三色圆珠笔》，《儿童文学》1980 年第 5 期；曹文轩：《再见了，我的星星》，《儿童文学》1985 年第 3 期；刘健屏：《我要我的雕刻刀》，《儿童文学》1983 年第 1 期；常新港：《独船》，《少年文艺》（上海）1984 年第 11 期；沈石溪：《第七条猎狗》，《儿童文学》1982 年第 3 期；罗辰生：《白脖儿》，《儿童文学》1980 年第 1 期；张映文：《扶我上战马的人》，《延河》1980 年第 6 期；乌热尔图：《老人和鹿》，《上海文学》1981 年第 8 期；蔺瑾：《冰河上的激战》，《东方少年》1982 年第 2 期；刘厚明：《阿诚的龟》，《北京文学》1983 年第 11 期；方国荣：《彩色的梦》，《儿童文学》1982 年第 11 期；刘心武：《我可不怕十三岁》，《东方少年》1984 年第 5 期。4. 中篇童话：路展：《雁翅下的星光》，宁夏人民出版社 1982 年版；诸志祥：《黑猫警长》，福建人民出版社 1982 年版；葛翠琳：《翻跟头的小木偶》，江苏人民出版社 1981 年版。5. 短篇童话：孙幼军：《小狗的小房子》，《儿童文学》1981 年第 12 期；宗璞：《总鳍鱼的故事》，《少年文艺》（上海）1984 年第 4 期；吴梦起：《老鼠看下棋》，《巨人》儿童文学创作丛刊 1981 年第 1 期，少年儿童出版社 1981 年版；赵燕翼：《小燕子和它的三邻居》，《儿童文学》1983 年第 10 期；郑渊洁：《开直升飞机的小老鼠》，《儿童文学》1982 年第 12 期；洪讯涛：《狼毫笔的来历》，《少年文艺》（上海）1982 年第 2 期。6. 诗歌：高洪波：《我想》，载《鹅鹅鹅》，宁夏人民出版社 1985 年版；田地：《我爱我的祖国》，《儿童时代》1982 年第 17 期；金波：《春的消息（组诗）》，《巨人》儿童文学创作丛刊 1981 年第 1 期，少年儿童出版社 1981 年版；樊发稼：《小娃娃的歌》，天津人民美术出版社 1985 年版；申爱萍：《再给陌生的父亲》，载《太阳的孩子》海燕出版社 1985 年版。7. 散文：张岐：《俺家门前的海》，《儿童文学》1985 年第 2 期；乔传藻：《醉麂》，《朝花》1983 年第 4 期；陈丹燕：《中国少女》，《少年文艺》（上海）1985 年第 3 期；陈益：《十八双鞋》，《少年文艺》（上海）1981 年第 6 期。8. 寓言：曲一日：《狐狸艾克》，新蕾出版社 1985 年版。9. 报告文学：胡景芳：《作家与少年犯》，《水晶石》1985 年第 11 期；董宏猷：《王江旋风》，《少年文艺》（上海）1985 年第 12 期。10. 科幻小说：郑文光：《神翼》，湖南少年儿童出版社 1982 年版。

②　柯岩：《寻找回来的世界》，群众出版社 1981 年版。

③　萧育轩：《乱世少年》，少年儿童出版社 1983 年版。

④　严阵：《荒漠奇踪》，中国少年儿童出版社 1981 年版。

⑤　颜一烟：《盐丁儿》，中国少年儿童出版社 1985 年版。

反映了评奖者对儿童小说涉及"文革"叙事的迟疑和慎重。

《盐丁儿》的情节本身以及自叙式的叙述方式，较《荒漠奇踪》的武侠小说般的传奇色彩略为平淡。而且在长篇篇幅的末尾，《盐丁儿》的文字叙述也越发变得有点儿散漫、艰涩。或许对于第一届全国优秀儿童文学奖的评委们来说，《盐丁儿》的价值更大程度上来自于作者革命亲历者的身份与小说作为革命历史的亲历和见证。《荒漠奇踪》依小红军战士小司马的逃亡、寻找队伍的路径展开情节。大量身份上的巧合密集地出现在小司马的面前，既促成了小司马的顺利逃亡，也因叛徒身份的隐蔽，展现了儿童小说中很少出现的红军内部肃反的细节描写，将紧张、危险的气氛推向了最终战败的"绝境"。结尾只是用小司马、老朗木、小蛮子对革命成功的畅想来"转圜"战败的肃杀气氛。在作者老到的叙述中，河西走廊的风物和传说，被疏落有致地放置于小说情节之中。这种文字上的风味，也为当时长篇儿童小说所鲜见。

《寻找回来的世界》在"一年多"的时间跨度里，在工读学校一连串波澜起伏的事件中，表现了正派的共产党员的群体形象。一开始，吴家驹所期望的给于倩倩这样"幻想破灭"但"继续追求，并准备用自己的行动实现自己幻想的青年……创造条件，使他们真正成长起来"的预期，后来在谢悦、郭喜相等学生身上，也不同程度得到实现。在整体意识形态上，作者需要处理的是在基层的各个社会层面实际推进"拨乱反正"工作的情形和"时代的特点"，展现了"极'左'派摇身一变成了解放派"等诡谲的情势。而谢悦的身世纠葛中，就集中体现了以其母亲为代表的政治投机"表演"。"文革"后社会风气的恶化，在作者笔下也显得无可奈何。第16章中反面人物薛人凤给学校办批件时，"顺应"社会风气，"灵活"阿谀办事员小王和主任的表现，显得"敬业"而又对学校忠心耿耿，或许超出了作者对于这个人物的情感态度，而更多的是社会情势的驱使。

《乱世少年》里的叙述者"我"，在前往碧云林场"避祸"的路上，从"走资派"地委书记之子，阴差阳错地纠缠进了"海正标"们的先是"造反"后是上碧云峰投奔土匪的历险中去。"我"对海正标这个"流氓"的态度，作者的预设立场是敌视、鄙夷；但是，每当写到海正标的武艺，写到海正标对我的照顾、"教导"，对形势和人世的"透彻"理解，及他江湖人般的行事风格时，文字间就会不经意地流露出些许"佩服"、"感激"的味道。小说的主基调在于着力挖掘"文革"中，基层工人、农民对"武斗"、对混乱局面的自发反抗，其中就有山门镇上省属工厂的"保皇派""红森工"及小碧河村民对"造反派"的愤慨和痛击。面对"文革"中"刀弹相加，死在眉睫"的境遇，圣丹老人"落荒而逃，逃入山林"，"文革"前的舒心的日子只能徒存在他的记忆里。当然，也有像第23章中阿婆、刘阿姨泪水中送别龙阿公和"我"、大勇这样的人们在混乱中佝偻而又勤劳地生活着的场景。

小说中贯穿情节的人物"我"，虽然曾羡慕有当红卫兵资格的"木木"们，某种程度上自身也不免感染了"好动不好静，好走不好坐，好外不好里，好吃不好做，好玩不好学，好武不好文，好斗不好理"的"时代病"，对郭天雄的叹谓"这叫社会主义革命，是共产党人跟共产党人过不去？还是混在共产党内的一些坏人，整另一批共产党人"，"我"也同样"感到莫名其妙"；但是，对"革命"

行动中的混乱和破坏，"我"始终保持清醒的认识。为了救被绑架的林场党委书记林大山，主动去找圣丹老人探听情况。用小说中的话说就是："你没有堕落，反而成长起来了！革命的共产党人的教育，在你身上起了作用。"为了救龙阿公，"我"只身闯入了因"打开监狱找左派"的武斗而得以逃脱的土匪"黑眉猴"海伯的碧云峰山寨，将情节就推向了更为惊险、血腥的江湖密战。"我"和"海正标"们的"智斗"对话，往往百转千回、充满玄机、跌宕起伏。虽有些不大可能出自少年之口，但也足见作者对描摹一个少年英雄在"文革"时势中成长的用心。当"我"重返小碧河村，在农民法庭上被判"枪毙"后，在生死一线走了一遭。暴露了真实的身份后，又被匪徒围住撕咬，"死过去足有几分钟"。在这种临近死亡的绝境体验中，小说达至最终的高潮。在某些片段，作者也会用一定篇幅直接的政治论述，来引领小说的"大政方针"，但是总体而言，小说是被紧张的情节所牢牢牵引，自然向前滑行的。

在随后的日子里，这几部获奖的长篇小说也多次获得了重新出版的机会。例如，湖北教育出版社 2010 年在"中国儿童文学经典 100 部"中，中国少年儿童出版社 2004 年在"儿童文学传世名著书系"中、1996 年在"共和国儿童文学名著金奖文库"中再版了《荒漠奇踪》；花山文艺出版社 2014 年在"代代读儿童文学经典丛书"中、湖北少年儿童出版社 2007 年在"百年百部中国儿童文学经典书系"中、中国少年儿童出版社 2004 年在"儿童文学传世名著书系"中再版了《盐丁儿》；湖北教育出版社在 2010 年在"中国儿童文学经典 100 部"中再版了、群众出版社 1996 年重印了《寻找回来的世界》。但是，到目前为止，除了少年儿童

出版社 1986 年 4 月在"儿童文学园丁奖集刊"中再版了
《乱世少年》外，笔者还没有查询到此后有出版社再版这部
当年同样获奖的长篇儿童小说。而第二届（1986—1991）全
国优秀儿童文学奖的获奖作品中，长篇《下世纪的公民
们》①、《西部流浪记》② 等也鲜有再版机会。

　　这也暗暗呼应了历史的陈迹，延续了颁奖时在排名中
隐约显示的迟疑，显示出在看似热闹、无政治利害的大规
模商业化童书出版中的"政治无意识"。周宪认为："从某
种程度上说，在文化场内，文化资本的争夺是环绕着词语
资源和命名权而展开的，因为谁占有了词语资源和拥有了
命名权，事实上也就在文化场里处于一个优势地位，进而
实现提高自己文化产品价值并拥有更多的文化资本，最终
获得对他人实施'符号暴力'的可能性。"③ 可以说，无论
是授予奖项的决定，还是获奖作品不同的历史遭遇，都显
示了"命名权"在文学体制实践中的现实情形。

　　在短篇方面，曹文轩的《再见了，我的星星》这样名
列首届全国优秀儿童文学奖得奖作品前列的作品，兼顾了
控诉"文革""伤痕"与伸张人性的双重要求。在曹文轩
获第六届（2001—2003）全国优秀儿童文学奖的长篇小说
《细米》④ 中，《再见了，我的星星》里除了毛胡子队长试
图强奸雅姐这一举动之外的所有情节，几乎都得到了保
留，并构成了全书的主要情节。只是知青来到的乡村，在
《细米》中被"纯洁"化了，不见了《再见了，我的星

---

　　① 罗辰生：《下世纪的公民们》，人民文学出版社 1989 年版。
　　② 关登瀛：《西部流浪记》，海燕出版社 1991 年版。
　　③ 周宪：《文化资本的分布与争夺》，载周宪《崎岖的思路：文化批判论集》，湖
北教育出版社 2000 年版，第 115—123 页。
　　④ 曹文轩：《细米》，上海文艺出版社 2003 年版。

星》里类似于竹林的《生活的路》①等小说那样，对乡村政治残酷、血腥一面的表现。在更广阔的篇幅空间中，《细米》对细米成长中的敏感的少年心性，有了更为细致、全面的表现，在情节演进、季节更替中呈现了意境深邃的乡村景象，显示了曹文轩创作的自我丰富和超越。此外，常新港短篇《白山林》②中的一些情节，在其长篇《青春荒草地》中也得到了复现。刘厚明的《阿诚的龟》③，尤其是乌热尔图的《老人和鹿》，则显现了相较于1954—1979第二次全国少年儿童文艺创作评奖，生态、生命、文化意识的勃兴已经让儿童小说的内容与文学表现形式有了新的面貌。

第二届（1986—1991）全国优秀儿童文学奖④同首届相

---

① 竹林：《生活的路》，人民文学出版社1979年版。

② 常新港：《白山林》，《少年文艺》（上海）1986年第6期。

③ 刘厚明：《阿诚的龟》，《北京文学》1983年第11期。

④ 根据评委会公布的名单，中国作家协会第二届（1986—1991）全国优秀儿童文学奖获奖作品（以得票多少为序，票数相同者以作者姓氏笔画为序）：1. 小说：刘健屏：《今年你七岁》，中国少年儿童出版社1989年版；沈石溪：《一只猎雕的遭遇》，江苏少年儿童出版社1990年版；邱勋：《雪国梦》，人民文学出版社1989年版；李建树：《走向审判庭》，中国少年儿童出版社1988年版；罗辰生：《下世纪的公民们》，人民文学出版社1989年版；秦文君：《少女罗薇》，少年儿童出版社1991年版；曹文轩：《山羊不吃天堂草》，江苏少年儿童出版社1991年版；关登瀛：《西部流浪记》，海燕出版社1991年版；金曾豪：《狼的故事》，希望出版社1991年版；程玮：《少女的红发卡》，江苏少年儿童出版社1991年版；韩辉光：《校园喜剧》，湖北少年儿童出版社1991年版；张之路：《第三军团》，中国少年儿童出版社1991年版；常新港：《青春的荒草地》，新蕾出版社1989年版；葛冰路：《绿猫》，重庆出版社1988年版。2. 童话：张秋生：《小巴掌童话》，少年儿童出版社1991年版；周锐：《扣子老三》，湖南少年儿童出版社1988年版；郑允钦：《吃耳朵的妖精》，江西少年儿童出版社1989年版；孙幼军：《怪老头儿》，湖北少年儿童出版社1991年版；冰波：《毒蜘蛛之死》，四川少年儿童出版社1989年版。3. 散文、报告文学：吴然：《小鸟在歌唱》，少年儿童出版社1991年版；孙云晓：《16岁的思索》，少年儿童出版社1990年版；郭风：《孙悟空在我们村子里》，福建少年儿童出版社1991年版；班马：《星球的细语》，福建少年儿童出版社1991年版。4. 诗歌：徐鲁：《我们这个年纪的梦》，湖北少年儿童出版社1990年版；金波：《在我和你之间》，中国少年儿童出版社1990年版；刘丙钧：《绿蚂蚁》，安徽少年儿童出版社1990年版。5. 幼儿文学：谢华：《岩石上的小蝌蚪》，少年儿童出版社1989年版；薛卫民：《快乐的小动物》，中国少年儿童出版社1986年版；鲁兵：《虎娃》，少年儿童出版社1989年版。

比，可以看到长篇作品在数量上有了增加，对少年儿童校园生活面的表现也更为宽阔，同一个作家的作品如孙幼军的《怪老头儿》，相较于首届获奖的《小狗的小房子》显得更为生动。《毒蜘蛛之死》给了80年代出生、生长的孩子新的文学体验，"类似暗夜力量的震撼至今萦绕于心，甚至大大影响了我后期的创作"①。《今年你七岁》、《一只猎雕的遭遇》都显示了远离政治意识形态的姿态。《山羊不吃天堂草》所需要处理的是城乡二元对立中少男少女们成长面对的挑战。《今年你七岁》、《少女的红发卡》、《校园喜剧》、《第三军团》、《青春的荒草地》尽管都涉及校园生活，但是由于所表现的历史时期不同，也因为几位作者迥异的文风，而呈现了差异巨大的文本面貌。《下世纪的公民们》这本印数15100册、有着ISBN国际书号的小说，没有定价，而是明确标注着"非卖品"字样，这在笔者所见到的80年代儿童小说中是唯一的。而且该书的书名还得到了康克清的题字，从封底可以看到隶属于北京市教育局选编"儿童文库"，显现了官方给予的某种高规格。小说所涉及的话题，如不再夹起尾巴做人，而要理直气壮、堂堂正正、敢说敢笑、敢怒敢喜、敢作敢当，适应开放型社会、更新观念，生活经验对集体主义的消解，肯定孩子的个性与独立思考能力，也同样都是"高规格"而敏感的，涉及了社会主义价值观的理念与实践。用杨老师的话说就是："当我站在学生们跟前，我不把他们当成我的学生，认为我是来管他们的，来教他们的，我把他们当成未来的教授、科学家、企业家。我真心地把他们当成朋

---

① 郭敬明：《幸福眼泪与痛苦笑靥——出版人前言》，载冰波《毒蜘蛛之死》，长江文艺出版社2011年版。

友，喜欢他们，爱他们，他们是我们国家的下世纪的公民。"在作为长篇小说并不长的篇幅中，这些理念与实践之争、各阶层人生活中的真话与谎言，密集地出现在情节进程中，而大龙们要用率真破除的是曾捆绑了吴老师一代人几十年的东西。对现实生活中恋爱男女们的势利和丑陋的辛辣讽刺，可以说是不遗余力的，大龙和侯子平相声中的男女、宽叔、何老师们一应如此。

另外，《中国文学作品年编（1981）·儿童文学选》①、《1984 中国小说年鉴·儿童小说卷》②、《中国儿童文学理论年鉴·1983》③ 等"时新"作品、评论的编选，都是儿童文学自身历史积累的重要方面，同时也是一个"经典"化、"体制"化的过程，因为编选者、编选机构，常常带有官方的、学院的背景。孔凡青在丛书序言中就将年鉴的编选向前"接通"了"小说研究会"的小说年鉴："这套小说年鉴的编选工作，得到现代著名老作家沈从文、严文井的热情指导和殷切关注，他们又担任了小说年鉴顾问，这给我们极大的鼓舞和鞭策……编辑这类大型的小说年鉴，我们自知才力不逮、经验不足。本世纪 20 年代初，一个叫'小说研究会'的组织出版过一部小说年鉴，不很成功；这次，也许又是自讨苦吃。但这是一项事业，总要去尝试，总要去奋力开拓！"④

另一方面，从文学体制对个人生存境遇着眼，我们也

---

① 中国社会科学院文学研究所当代文学研究室编：《中国文学作品年编（1981）·儿童文学选》，中国社会科学出版社 1983 年版。

② 高洪波选编：《1984 中国小说年鉴·儿童小说卷》，中国新闻出版社 1985 年版。

③ 浙江师范大学儿童文学研究室编：《中国儿童文学理论年鉴·1983》，浙江少年儿童出版社 1985 年版。

④ 孔凡青：《〈1984 中国小说年鉴〉序》，载高洪波选编《1984 中国小说年鉴·儿童小说卷》，中国新闻出版社 1985 年版。

能更好地去体察创作个体在体制面前的态度和面目的变迁。陈模在 90 年代还在回忆自己解决"郑渊洁同志的编制和工转干问题":"1981 年的 6 月,我奉调北京市文联主持工作后,韩作黎同志向我建议,创办一个少儿文学刊物。我原也有此意,经过半年多的筹备,《东方少年》于次年 5 月创刊了。我从中国少年儿童出版社把王路遥、罗辰生、郑渊洁等同志调到编辑部来,解决了郑渊洁同志的编制和工转干问题,为他请了创作假,释放了他身上潜在童话创作能量。到现在《东方少年》已经出刊 100 多期,在推出少儿文学精品、培养儿童文学新人上,都取得了可喜的成绩。"① 在陈模给郑渊洁写的序言②中,可以看到陈模对郑渊洁的欣赏。而郑渊洁所说的,"按国家规定,工龄 30 年就可以退休,退休可以拿退休金。因为忍受不了编辑部里的人事关系和钩心斗角,1999 年,工作了 29 年零 10 个月的时候,我辞职了,档案被发回了街道"③,这是后话了。时过境迁,"编制和工转干问题"对于在商业出版中成功"遨游"的郑渊洁来说,意义早已变了吧。这也从另一个侧面旁注了文学体制变迁的步伐。

———————

　　① 陈模:《我和儿童文学的缘分》,《儿童文学研究》1994 年第 4 期。
　　② 陈模:《他把孩子们带进了童话世界——〈皮皮鲁全传〉序》,载《儿童文学研究》第 17 辑,少年儿童出版社 1984 年版。
　　③ 郑渊洁口述、吴虹飞整理:《郑渊洁:真实的童话大王》,《出版参考（中旬刊）》2004 年第 1 期。

第二章

教育的意义

第一节　乡村经验的继续呈现

分析20世纪80年代中国儿童文学对乡村生活经验的表现，我们需要从"文革"时的儿童小说谈起。因为，在生活内容和理念上，两者都有值得比较之处。这些小说中，生活在农村里的人，往往需要在生活实际，甚至是理论话语上，去处理他们所面临的事关利益、道德、道路的"抉择"。从商业"投机倒把"或个人创造发明中获得个人、"小团体"的利益，反抗农业哺育工业的"剪刀差"，从农村出走还是无私地服从、参与、支援更大范围的社会主义国家建设，是一代代社会主义"韩梅梅"、"高加林"们必须面对的，小说也一再地去说服主人公和读者，从日常生活到内心都努力接受扎根农村的现实。人民文学出版社"文革"后期出版的《海螺渡》①、《海的女儿》②、《林中响箭》③、《喧闹的森林》④ 等"儿童文学选辑"中，阶

① 《海螺渡》，人民文学出版社1972年版。
② 《海的女儿》，人民文学出版社1973年版。
③ 《林中响箭》，人民文学出版社1974年版。
④ 《喧闹的森林》，人民文学出版社1975年版。

级斗争、"改革旧的教育制度，改革旧的教学方针和方法"视野下的乡村是一个极富"昂扬"气质的场所。无论是被刻画为正面典型的少年儿童主角，还是小说的叙述文字，都是"气宇轩昂"的。小说中的主角哪怕是儿童主角，对领袖语录的掌握和运用也"娴熟"而"深刻"，带领读者去发现生活的阶级"本质"。

作为正面典型的少年儿童主角，也总是被描述得健康而富有战斗觉悟，常可见这样的外貌描述："这是一个十一二岁的渔岛孩子。他光着胳臂，赤着双脚，十个脚趾头，放任地向外撑着；上身穿着一件棕色背心，下着一条蓝短裤，通身上下，黑不溜秋的，活像一条跳鱼儿。一只大海螺，用尼龙线穿着，结着红绸子，挎在他的腰间，几乎占去他身高的四分之一，特别引人注目。这会儿，他双乎［手］紧握着红缨枪，圆瞪着大眼睛，闪亮亮地逼视着我"①；"看样子有十二三岁，细高个，大脑袋，头发漆黑，眼睛明亮。他用手掌抹了抹脑门上的汗水，从坡坎上拾起一件蓝布棉袄往胳肢窝一挟，又拾起一顶大耳朵皮帽子往头上一扣，笑嘻嘻地朝我们走过来了"②。而在思想意识、行为方式上，这些少年英雄也往往都有着坚定、敏感的阶级斗争这根"弦"，因而如同样板戏中的叙事一样，小说的叙事是明确而指向胜利的。小说用儿童的纯真去表现大公无私，用他们经过"阶级斗争"话语洗礼的嗅觉，去探测和发现村子里成分不好的"阶级敌人"因私欲而破坏集体利益的"罪状"。

阶级斗争间歇的生活细节，让乡村生活具有了一些乡

---

① 方楠：《螺号声声》，见《海螺渡》。
② 浩然：《幼芽》，见《海的女儿》。

野气息。如《剑锋山下打猎人》① 里的高青老人打熊、打野猪，《林中响箭》② 里虎子捉特务、斗黑熊的经过，翔实而张力十足，给儿童读者提供了阶级斗争这根"弦"之外的紧张与曲折。

《劲芽》③ 尽管在"文革"结束后出版，但在叙事手法、价值取向、词汇话语上，与上述的几本"儿童文学选辑"并无二致，可见"拨乱反正"步伐的滞重。韦君宜在《思痛录》中，写到了作为出版方人民文学出版社，在"文革"后期内部的实际境遇。"要阶级斗争，那就得把意见不同的双方写成两个阶级，敌对阶级还要具体破坏，这就更难了……我这编辑的主要任务就是帮助作者把'作品'编圆……'四人帮'垮台之后，我才忙着下令，让当时正在炮制中的这类'青松'式作品赶快停工。但是有许多部作品正在进行中，有的编辑单纯从业务出发，觉得半途丢掉太可惜，还有的已经改完了，发排了。"④ 80 年代儿童小说的乡村叙事，正是在这步伐中、在各方观念的进退之间逐渐开始的。不仅与"文革"文学有着时间和逻辑上的承接关系，也接续了更早期的马烽的《韩梅梅》⑤、陈炎荣的《省城来的新同学》⑥ 等"文革"前儿童小说。

随着农村土地改革乃至全社会改革的铺开、市场秩序的逐渐建立和渗透，中国共产党所秉持的"农村包围城市"、"接受贫下中农的再教育"等一脉相承的革命与建设

---

① 红山：《剑锋山下打猎人》，见《海的女儿》。
② 张登魁：《林中响箭》，见《林中响箭》。
③ 《劲芽》，人民文学出版社 1977 年版。
④ 韦君宜：《思痛录》，北京十月文艺出版社 1998 年版，第 163、169—170 页。
⑤ 马烽：《韩梅梅》，《人民文学》1954 年第 9 期。
⑥ 陈炎荣：《省城来的新同学》，《少年文艺》（上海）1956 年第 12 期。

理念，与市场的逻辑和力量，与民众更为丰富、强烈的个体现实利益诉求，都产生纠葛。处于这种"道统"之争中的新的乡村小说，也为我们敞开了直面历史的缝隙。

和宣扬"批林批孔"、"开门办学"等理念的作品相比，《野蜂出没的山谷》①里，读书做功课的重要性已经上升了，不再是在"开门办学"口号面前"退避三舍"了，而是强调首先要认真完成假期作业，达到学习劳动双丰收。但是，在情节套路上，德龙、威拉、娥玛三个儿童主角，每次进入森林都会警觉、准确地发现重要线索，并英勇地进行追踪、战斗，还是可以看到和前述"文革"中"儿童文学专辑"中的少儿英雄主角相类似的一些痕迹。当然，并不是说这样去表现儿童主角是完全不可以的，因为《野蜂出没的山谷》在儿童主角的分寸把握上还是比较恰当的，让读者和"德龙"们一起一次次地经历了意外的惊险。直到小说的最后一刻，作者才用全知视角将隐情和盘托出。

《一颗很小的星》②用十七年的"正"来拨"文革"的"乱"。作者把表现的着力点和篇幅，主要放在了1956年春天县教育局局长的女儿佟立梅选择到水贵如油的豹子峪村任教的适应与融入过程。水是贯穿情节的重要物象，佟立梅来到豹子峪，见到七八个孩子后，第一个举动就是分给他们十几本小人书，宣布了她的卫生计划，不容分说地搓洗了这三个男孩子和五个女孩子。而这代表着城市现代"文明"的举动，在孩子们看来都是新异的，"似乎洗脸比看小人书还新奇有趣，孩子们嘻嘻哈哈地看着，笑

① 李迪：《野蜂出没的山谷》，人民文学出版社 1979 年版。
② 刘厚明：《一颗很小的星》，《北京文艺》1978 年第 10 期。

着，争着把一盆又一盆洗成泥汤汤的水泼到院里去"。卫生习惯的差异是佟立梅作为老师尤其是作为城里人和小说的另一个主角乡村少年姚连雨关系裂隙的开始。

> 新老师给姚连雨的"第一印象"实在太坏了！她不但也有像王老师那样的两条长辫子，而且比王老师还娇气！你看，刚进村她就给孩伢子们又搓又洗，准是嫌山里孩子脏呗！哼，你嫌俺们脏，俺还嫌你那满屋子胰子味儿呛鼻子呢！你把俺泼着汗背来的一大缸水，一家伙都糟蹋了，不知道心疼，还笑！这个老师准也是有根儿不往土里扎的豆芽菜！俺跟她学不了几天！拉倒吧，不念啦！反正不念书也饿不死人！

正因为对城里来的老师的不信任，姚连雨一开始没有进入佟立梅的课堂。两位主角关系的转机得益于佟立梅老师不断"救赎"着之前的下乡老师给姚连雨留下的"娇气"印象。豹子峪分为下庄和上庄，姚连雨姥姥的孙女小福华住在上庄在上学半道上戳了右手。佟立梅老师见福华摔了，给她上了药裹了药布，还在上庄立了教学点儿，每天过晌就上去给上庄的 11 个同学上课。她也坚持每天自己出山背水，化解了姚连雨心头因为怕缺水而留不住下乡老师的疑虑。

只是因为怕跟不上教学进度，也是因为少年的倔强，姚连雨仍然没有去上学。作者的情节设计是，继续沿着上庄的这一脉，在佟立梅从下庄到上庄的路上设置了一个牛蹄崖，一块壁立的巨石中间有条缝往外渗水，渴得难忍的佟立梅每天都喝那石窝里的水。姚连雨用竹篾编了一个小圆罩，扣在了那个石窝上，草棍、树叶掉不进去了，不断滴下来的水珠，却恰好穿过罩上一个方形小孔，落进石窝。姚连雨的这一绝妙创意，让佟立梅想起了那个拒绝来上学的男孩，"她曾怀疑他不来上学，并非什么'看书写字脑瓜仁疼'，可是因为工作忙，就没再去说服、动员他。不，工作忙不是理由！这是失职！不可原谅的失职"。这才有了接下来"重逢"的温暖一幕，让两个人的境界都得到了"提升"，向主题靠拢。

连雨在屋里蹲着，拿石笔在地上继续演算，他是那么专注，连开门声都没听见。分数除法难住了他，他试了几种算法都算不开。忽然，一只手从他背后伸过来，接过了他手中的石笔。他猛地回头一看，慌忙站起来，脸上一阵烧烫，叫了一声："佟老师！"

"来，我告诉你该怎么算。"女教师蹲下去，连雨痴呆呆地也跟着蹲了下去……

姚连雨的一声"佟老师"，表示他最终接受、认可了佟立梅的合格的乡村老师身份。随后的姚连雨考进了县里的农业中学，跳级毕业，又在牛蹄崖找到了水源，解决了家乡的水利化问题。小说简略地带过了佟立梅"文革"期间被放在父亲身边一起"陪斗"的经历，也没有写"文革"中"上山下乡"运动在新的政治口号和力量下得到继续推行，而是用姚连雨在 18 年后登上了全国科学大会的讲台的结局，接续上了十七年的"政治正确性"。同时，这种农村教育经验的精神动力则来自于更早的革命历史，因为豹子峪是一个抗日时名扬全县的"堡垒村"，七名战士在胡马河边饮弹牺牲。佟立梅老师坚持每天自己挑水时，脑海里鼓励自己的画面就是抗日的游击队员们为了出山背水而牺牲的场景。

同样的，在《在一个夏令营里》①中，灵山上女红军的战斗事迹以及救活濒死的金烽，不断地在小说中得到"复现"，成为夏令营里孩子们"自觉"的精神动力和信仰。然而无论大牙山这边的部队干部子弟和科学家子弟们，还是山那边的西山大队的孩子们是否拥有同样的信仰，柳铁马和苏咏才的性格特征、生活境遇依旧是不同的。令人惊异的是，作者所倡导的努力学习的价值观念，在石玉明冒雨赶去参加省里艺术学校招生考试时就行不通了。作者不惜让紧张抗洪的同学们分出人手来去"追捕"赶考路上的石玉明，"老毛病，想当音乐家呗。我们在大堤上拼命，你倒远走高飞，不害臊吗？"石玉明的想法是："我决不是怕苦怕累，要是艺校晚几天考试，我马上就冲到江边去，砸死在那也情愿。可今天下午就要开考了，我能不去吗？再说，一个人总得有理想，有热情，我献身音乐发挥自己的专长，这有什么错？你们如果处在我这种情况下，我看，也会像我这样做的。"为了追回一个追逐理想的孩子，不惜浪费几个孩子抗洪的"生产力"，作者给出的比石玉明的"辩解"更合理的解释是"当个为人民拉琴，同时又有高超琴技的琴手，那就非常难。没有对祖国的满腔热爱，对生活、对艺术的满腔热爱，舍不得把自己整个献给祖国、献给艺术的人，根本办不到"。石玉明任洪水冲走自己心爱的提琴，发誓再也不学音乐了，"决心

---

① 苏进：《在一个夏令营里》，人民文学出版社 1980 年版。

做一个普普通通的人"，这也是个人在强大的"集体"面前受挫感的合理延伸，尽管这不是作者的表现意图。

和石玉明同样有着"现代化"想象的是《在嘎玛大森林前沿》①里的"彝族红领巾"，向"北京负责探矿的叔叔阿姨"寄出矿石，并用羊群驱散了几天来阻挡了勘探队前进的蚂蟥，成了勘探队挺进嘎玛大森林和九子母雪山开发稀缺的稀有金属的带路人。"因为周围七十多里没有一所中学，他小学毕业后便留在家里跟着阿爷放羊"的少年，心中期盼"让一条宽敞平坦的大公路尽快通过我的家门，穿过蚂蟥箐，穿过大森林，一直通到雪山顶上去。那时候，我们彝家娃娃就可以骑马、坐车去上学了。唉，你们不知道，我们这里有多少人该升中学啊"。可是，乡村少年对知识的向往，常常必须面对城乡之间很难逾越的鸿沟。

贺晓彤的《新伙伴》②、铁凝的《红屋顶》③、梅子涵的《蓝鸟》④、程玮的《走向十八岁》⑤、邱勋的《雪国梦》⑥都已经感到，在城乡二元对立中，农村束手就擒、无力反抗的被剥夺感。《红屋顶》用杏芬放弃高考机会选择留在村里当老师的抉择，完成了在城乡二元对立之间抉择的高加林式的命题。《细明和大傻子》⑦显然也是在联产承包责任制落实前的农村铺开细明的命运的，而且在主人公对待

---

① 辛勤：《在嘎玛大森林前沿》，《儿童文学》1984 年第 1 期。

② 贺晓彤：《新伙伴》，《儿童文学》1981 年第 2 期。

③ 铁凝：《红屋顶》，载《朝花》儿童文学丛刊第 8 辑，人民文学出版社 1982 年版。

④ 梅子涵：《蓝鸟》，《东方少年》1986 年第 12 期。

⑤ 程玮：《走向十八岁》，新蕾出版社 1986 年版。

⑥ 邱勋：《雪国梦》，人民文学出版社 1989 年版。

⑦ 寇德璋：《细明和大傻子》，中国少年儿童出版社 1981 年版。

命运的态度上，和韩梅梅有着高度的一致性，只是从韩梅梅手下的猪变成了细明手中的牛。王申浩的《树荫下的夏天》①和张亦荣的《黄土川上的歌》，都以人物的出色禀赋，化解了乡村的贫困和教育资源的匮乏。陈丽的《难忘的歌》②，也用柳钧"书生"落难最终苦尽甘来的大团圆结局，让农民搞试验有了一个好的着落。最富有传奇意味和古风的，还是柳钧落难时从不收一分钱，还倒贴他钱买这买那，把柳钧抵给他的旧书存着因为"早料到有用得着的一天"的夏掌柜"这号人"。

《雪国梦》里，梨花村人远赴关东的迁徙，是因为上级的决定，是为了放一颗不用药就能治好麻风病的"医疗卫星"。小说起笔的社会背景是"大跃进"时期，村人在公社的工作队面前、温宁在掀天揭地的潮流面前，都充满无力感，通通败下阵来。因反对建麻风病院而被免去村支部书记职务的满行爷爷、讲实话得罪干部而被拔白旗的小能爹，都见证了"什么功啊过的，全是糨糊黏粥，黏粥糨糊"的落寞。只有当讲到"古事"时，作者的笔触才会更为轻松、飞扬，比如三拐古潭底遇甲鱼王，而一触及梨花村人的关东生活就陷入一种孤立无援的迷惘、冷寂之中，无意中凸显出的是阶层之间，尤其是基层干部与村民之间的心灵隔阂与利益壁垒。到结尾在小弟弟降生、身份平反，及对尚在远方的后父的期盼中，才给了读者一些希冀和温暖。

---

① 王申浩：《树荫下的夏天》，《当代少年》1987 年第 3 期。
② 陈丽：《难忘的歌》，载《巨人》儿童文学创作丛刊 1984 年第 4 期，少年儿童出版社 1984 年版。

《暴风雨过后》①里，带有"反面"人物色彩的哈哈嫂，用农民的质朴，表现出了对"文革"中"推荐"入学制度的怀疑，认为水柱"跟我家一样，诸亲六眷就他爸是个菜籽官，哪能比得过人家苗春秀，她爸是县里主任，不用考，也是十拿九稳进大学"。尽管这种怀疑，只是对高考制度恢复的不信任，并未在城乡对立的二元对立中展开，也没有在城乡教育资源分配不公上过多着墨。《她终于把我们征服》②里的女老师，工作环境同样不理想。宝崽眼里英明的阿爸好几次跟别人说："一个当先生的，不过是帮人家带带伢崽嘛，不吵不闹不打架就成了，何必那么咬起牙齿管？做阳春的，有文化是做，没文化也是做。我也没读什么书，一个支部书记不也当得好好的。"不能说王老师女性的性别身份，在她对抗轻视读书的文化心理过程中没有发挥作用，她亲自上屋捡瓦，最终让这个"顽固分子"支部书记阿爸颜面尽失，服帖地投降。但是，王老师灵活、智慧的处事、教学风格，也是大大助益了她收服其实心底向学的这一群孩子。原先"顽固分子"们落后教育观念的形成，某种程度上也是因为教育资源的匮乏，因为传统生活习惯的存在，因为王老师这样的老师没有出现。

张炜的《山楂林》③中的阿队，是一个"个子高高的，那已见隆起的胸脯，意味着成熟"的少女，"一双清澈的眼睛比常人稍深一些，显出美丽的少女常有的那种莫名其妙的淡淡哀怨"。但张炜并没有像在他的长篇中那样，涉

①　李有干：《暴风雨过后》，少年儿童出版社1980年版。
②　吴雪恼：《她终于把我们征服》，《小溪流》1985年第4期。
③　张炜：《山楂林》，《萌芽》1982年第9期。

及情欲的描写，而是在阿队和"哥哥"莫凡——当年爷爷掩护过的一位游击队长的儿子，当过"下乡知青"，后招工进城，三年前又从城里考入了大学——之间，用对话叙述了一个乡村与城市之间的选择境遇。占尽了招工、考大学各种历史机遇的莫凡俨然以启蒙者的形象回归，他激发了原本只想着"谁考那个'大学'！'大学'就那么好吗？能识字就行了呗，到时候我到山楂林里，来和爷爷做伴儿"的阿队，使她开始有了"我要做工——程——师"的呐喊。因为渐渐逼近山楂林的是煤田被开发的进程，是"现代化的滚滚洪流"，阿队要去自己"设计"怎么开采，她"知道芦青河有多么好、山楂林有多么大"，可是要先成为工程师。只是农村人身上的被剥夺感，不会随着这一进程自然地消失。

"你是个好人呀，孩子，和你爸一样！我知道你的意思。你想让阿队也成个大材料。不过我心里有数。大事都是你们干的，是你和你父亲那样的人干的。阿队吗？能认几个字也就不错了，到头还要回到山楂林里来的。"他说到这儿长长地吸了一口烟，将烟末在枪托上磕着，说：

"打游击那几年，我掩护过你爸爸，瞧他，如今在省城里干大事啦。大事都是你们干的，我们不过到时候能'掩护'一下你们……你就放心吧，如果以后有什么难处，还来这山楂林，那时候就是我不在人世了，阿队也会掩护你的……"

莫凡听着听着，不知怎么鼻子有些发酸。他终于明白了阿队为什么会那样：她有这样一个爷爷啊！此时，他心里有一个愤愤不平的声音在呼喊着：为什么你们只能"掩护"我们？为什么呢?! 不！不！你、还有阿队……啊，阿队——他猛然想起了阿队的呼喊："我要做工程师！"……她以后也只能"掩护"别人吗？不！她，还有他们，要自己设计自己的山河！……

如果说，古凿老爷爷的理解是从现实和历史中来切身体验的话，张炜通过莫凡之口的热切呼吁更是面向未来、面对理想的。我们不想嘲弄莫凡的想法在30多年后某种程度上仍然是一个美好理想，但爷爷失却激情的冷淡似乎更具有穿透历史的能量，只是乡村经验和城市理想始终缠绕在国人心头。像《钟声》①里对教育现实的不满，甚至多少还符合着21世纪人们对于大学教育的抱怨，"多少工农子弟在这染缸里被改变了颜色，甚至一年土，二年洋，三年不认爹和娘，四年不愿回家乡！这是什么现象……最近她又写信来，要我又红又专，能文能武。她'文化大革命'前读了十二年书，可是到了北大荒后还得重新学，过去学了物理，不会修拖拉机；学了数学，不会量面积画地图；学了植物学，不会区别大麦小麦，你说多糟糕！为了迎接明天的战斗，我们今天必须到实际中去学习、锻炼，掌握斗争的本领"，只是当年的结论和解决方案"这就是资产阶级利用教育这个工具，奴化我们、腐蚀我们、改造我们，专我们的政啊！正因为这样，'文化大革

① 署名《钟声》创作组，俞天白、王锦园执笔：《钟声》，上海人民出版社1976年版。

命’首先从教育界开刀；也正因为这样，工人阶级要进驻上层建筑，把教育阵地夺回来”，不会进入我们今天的语汇，取而代之的是大学生社会实践、职业教育和专业学位等内容。

对于这样的困境，《蓝鸟》用隽永、诗意的文字，用象征性的蓝鸟意象和一路的追寻，对教育资源极度贫乏的乡村里面各色人的心境做了观照。寻找中的植树王中学，也成了对人生路途的某种隐喻。卢振中的《乡村的迷惘》①、鱼在洋的《阳光下的迷惘》②，则不约而同地感到了无力解决问题的迷惘。考上重点高中的邵江林，巧遇当“倒爷”致富的同学胡小昌，记住了他的话“钱，世界上只有钱是真的”，因此心乱了。他想改变家中的贫困状况，但是摆摊怕丢人现眼，干力气活又身板儿太嫩，不知道人生的路在何方。而《乡村的迷惘》中，富裕起来的大爷，也不再把儿子飞飞的学习放在心上，生怕飞飞念好书长好翅膀飞了。所以，大爷给飞飞的人生安排是：“一辈子什么都不要干，就要他给我生出孙子，给我当黄瓜种。”在现实利益面前，邵江林的金钱观念颠覆了，尽管他也没有完全走向拜金主义，他的出发点也是为了减轻父亲的负担。同时，也是在现实生活的“教导”中，“大爷”身上的传统观念复位了。城市、现代文明、现代生活方式，在这里都被拒绝了。在今天看来，这种拒绝的姿态，不仅没有因为城市化而消失，而且成为越来越多人信仰的愈益强大的抵抗力量。

---

① 卢振中：《乡村的迷惘》，《儿童文学》1991 年第 4 期。
② 鱼在洋：《阳光下的迷惘》，《儿童文学》1990 年第 3 期。

陆廉德的《呆娃和她的爸爸》①、丁阿虎的《爸爸查作业》②、杨啸的《爷爷当选了副业队长》③ 等，都跟农村土地改革政策配合得比较紧密，用对比来表现农民身上直接、集中反映出来的因制度变革而产生的情感、人际关系的变化，同时也与农民对读书态度的变化密切相关。《爸爸查作业》里的"爸爸"身上所体现出来的，是对未来生活充满希望和信心的精神面貌，丁阿虎用象征性的手法，去呈现制度变革所带来的正面意义。"爸爸今天穿了一身笔挺的新衣服，胡子刮得光光的，脸也显得更红了——看上去像年轻了好几岁。爸爸走到日历跟前，伸出粗糙的大手，撕去了已经成为过去的昨天的那一页。"另一个幽默的场景减轻了前文情节中的理性"载荷"，"爸爸手里的英语书颠倒拿着，一本正经地看得挺认真呢"，于是我"把我记得的所有英语句子拼凑到一起，乱七八糟地胡诌了一通"。在这种轻松的气氛中所抵达的是，对一个相对正面、乐观的爸爸的塑造。而《呆娃和她的爸爸》里的"爸爸"则延续了"责任制"未实施前就有的"讲实惠"的品质，原来的时候反对"呆娃"干集体活充积极，实施"责任制"后，甚至不惜偷人家田里面的肥水。这个"爸爸"动不动就打呆娃的行为，也与《爸爸查作业》里轻松温馨的面貌迥然相异。人物的色彩是相当凝重的。虽然结尾是光明的、提升道德层次的，但是在小说所表现的社会层面上，更多地展示了负面的、消极的社会心理和行为。将两篇小说放在一起，我们可以看到制度变革反映在人身上

① 陆廉德：《呆娃和她的爸爸》，《幼芽》1982 年第 4 期。
② 丁阿虎：《爸爸查作业》，《少年文艺》（上海）1982 年第 9 期。
③ 杨啸：《爷爷当选了副业队长》，《儿童文学》1980 年第 2 期。

时，折射出的复杂人性状况，同样也是制度本身复杂性的一个反映。

《一潭清水》① 中，张炜用徐宝册和老六哥之间人格的差异和小说结尾处一个富有象征意味的挖清潭的举动，去解释或者说解决经济形式的变迁所带来的人际关系的变化。老六哥在瓜田承包后，对小林法这个常来瓜田帮忙但也喜爱吃西瓜而被昵称为瓜魔的十二三岁的孩子的态度迅捷改变。原先"只是在这个时候，徐宝册和老六哥的意见才是完全一致的，两人毫不犹豫地起身到瓜田里，每人抱回一个顶大的西瓜来。小林法很快吃掉一个，又慢悠悠地去吃另一个"，瓜田承包后老六哥觉得"瓜魔不能多招惹的，他不是个正经孩子……黑溜溜像铁做的，钻到水里又像鱼，吃起瓜来泼狠泼愣"。按照徐宝册的话来说，"早就知道"老六哥是"舍不得那几个瓜！你要发一笔狠财，你不说我也知道！瓜魔平日里帮瓜田做了多少活儿？送来多少鱼？你也全顾不得了"。瓜魔明白世事的过程，也被作者用静默而有内心深度的画面呈现出来。从一开始，"徐宝册告诉瓜魔：瓜田承包下来了，这片西瓜就和自己的差不多了。瓜魔听了乐得不知怎么才好"，到最后"他爬上海岸，坐在徐宝册的身旁哭了。眼泪刚一流下来，他就伸出那只瘦瘦的、黑黑的手掌抹去，不吱一声。徐宝册要他再到铺子里去，他摇摇头，神情十分坚决"。徐宝册也因气愤而离开了和老六哥合伙的瓜田，与别人合包下了一片海滩葡萄园，瓜魔又常常去园里找他玩，两人像过去那样睡在草铺子里，半夜点火烧起鱼汤。"我真想那个瓜

---

① 张炜：《一潭清水》，《人民文学》1984 年第 7 期。

田……我是想那潭清水……真的，那潭清水。"如果说静默地流泪还符合一个海边少年的实际，如此富有哲理的文字更多的则是作者的代为抒情了。张炜也给小说设计了一个浪漫的结尾，这一老一少在橘红色的霞光里开始挖另一个清潭。《一潭清水》与上文中提及的同样表现现实经济形式变化的小说相比，隽永的结尾是最大不同之处。"清潭"是一个象征，似乎是对一份已经逝去的精神状态的缅怀。作者所留恋的是集体经济状况下的一种无关功利的自在生活状态。而任大星的《我的第一个先生》①在对开蒙老师的怀念中，更深层地挖掘和反省了作为很早就参加革命事业的共产主义者"我"与乡村生活、传统教育与道德之间的纠结关系。这也让我们看到了"主义"、道德、社会运动、个人情感之间的历史纠缠。

到了丁阿虎的《祭蛇》②里，从《爸爸查作业》里对制度变革所带来的积极意义的宣导，转变为了对农村过往历史和当时现实中正、反两个方面情形的具象化表现，又加入了曾经被"破四旧"的祭礼，因此也导致了作品发表后引起的一些争论。周晓在《〈弓〉与〈祭蛇〉的启示》③里，正面肯定"《弓》《祭蛇》的作者们，则是既面对少年读者又面对生活的……它们的作者都着眼于写生活，而且对生活的反映都不那么单纯……就艺术而论，像《祭蛇》这样的表现手法，在我们的儿童小说中恐怕还属罕见，可以说是奇异的、陌生的"。樊发稼意见则相反，认为"读后却给人以一种淡淡的压抑感……表面上的热闹掩

---

① 任大星：《我的第一个先生》，《少年文艺》（上海）1978年第5期。
② 丁阿虎：《祭蛇》，《东方少年》1983年第1期。
③ 周晓：《〈弓〉与〈祭蛇〉的启示》，《儿童文学选刊》1983年第4期。

盖不了总的来说是一种比较灰暗的调子。这只能说明，作者的立足点并不高，没有能够从革命现实主义的高度来描绘和反映生活"①。刘绪源对樊发稼的回应借助的是别林斯基讨论诗歌中的情感与思想的一段话，并认为"《祭蛇》中所涉及的这点小小的'阴暗面'，没有任何正面的渲染，被处理得极有分寸"②。除了对《祭蛇》中的"阴暗面"有了不同的解读之外，两人交锋的地方还集中在对"四人帮"的"控诉"上。樊发稼认为，明明将斌斌父亲的这封信作为祭蛇的"纸钱"投进火里，"很像'十年动乱'初期的'小造反'和'革命小将'"，认为小说结尾惠惠流起泪来想起自己"武斗中被手榴弹炸死"连个坟也没有的父亲，"读了总觉得虚假、不真实"。相反刘绪源则觉得，在孩子们哭闹时硬要插一句痛斥"四人帮"的话，"恰恰是由于作者的某种防范心理……应付那种'捞盐粒'式的批评"，并认为樊文中"通过艺术感觉得来的"判断是准确的，恰恰否定了其前文中的结论。从文学表现来看，《祭蛇》在各个时空之间的切换显得扼要而从容，在简短的篇幅里，不拖泥带水地切入了几个孩子生活内核，伴随的是嘲讽、温暖相拌杂的情感基调。刘绪源文章的文学把握还是比较准确的，周晓也肯定了小说在表现手法上的突破，他们与樊发稼的观点差异，主要还是立足点的不同，或者说凭借的文学理念的差异。

身处"清污"时段前后，几位主张儿童文学艺术创新的研究者也尽力撇清《祭蛇》或《儿童文学选刊》被纳入

---

① 樊发稼：《也谈〈祭蛇〉》，《儿童文学选刊》1984年第1期。
② 刘绪源：《由别林斯基的话说开去——兼谈樊发稼同志的〈也谈《祭蛇》〉》，《儿童文学选刊》1984年第2期。

"清污"范围的嫌疑。刘绪源在文章结尾，就为《祭蛇》做了应对"清污"的辩解："……现在我们反对'精神污染'，儿童文学界自然不能例外。但这并不等于说，我们可以不从作品的深处，不从作品所传递的感情总体上去把握它，而只须从作品的表面去寻找简单的结论。"《儿童文学选刊》1984 年第 1 期《编者的话》也做了"说明"，"推动儿童文学的健康发展，应该说，这也是对精神污染的有效抵制"。

王蒙说："1981 年写农村新气象，虽不乏清新动人之作，但人们在感到可喜的同时也感到了这些作品大多比更早一个时期写历史变化的作品要表面得多、肤浅得多，因而生命力也短暂得多……今天已经没有那么多现成的禁区等着你去闯。何况胡冲乱撞也许会闯了自己的阵脚，闯出乱子，闯得有利于国内外的敌对势力，乃至闯出点什么资产阶级自由化来。"① 在《祭蛇》发表前、后的境遇中，我们恰恰看到了王蒙在这段话里正话反说的"嘲弄"。

第二节　科学精神的意义

在叶永烈的《烟囱剪辫子》② 里，科学精神已经开始得到重视。到了"文革"结束后的社会语境中，科学技术给人们的精神所带来的感受更是多方面的：一是科学技术给国境之外工业国家的人们，带来的生活的便利和丰富，吸引了许多人羡慕、向往的目光；二是科学技术成了社会

---

① 王蒙：《生活呼唤着文学》，《文艺报》1983 年第 1 期。
② 叶永烈：《烟囱剪辫子》，上海人民出版社 1975 年版。

话语系统转型的一个象征，科学技术往往被当作"文革"、"野蛮"等词汇的对立面，而被高度地肯定。

贺宜在《童话选》序言中宏观、乐观地展望了"知识童话"对"社会主义革命和社会主义建设发展新时期"的意义，他说："随着社会主义建设高潮的即将到来，科学技术教育获得全社会的重视和支持，反映在童话创作上就是出现了较多的知识童话。特别在'四人帮'被粉碎以后的两年来，我们看到了更多的以传授科学知识作为主要内容的知识童话。知识童话的出现，说明了童话创作已经大大地越出了它的传统主题和题材，一肩双挑地担负了政治思想品质教育和科学知识教育的任务，使今天的童话的教育作用，有了进一步的加强，这是可喜的，值得欢迎的。知识童话是童话创作适应社会主义革命和社会主义建设发展新时期的产物。"[①] 郑文光在《科学童话选》序言中也对科学精神的社会价值、现实意义做了详细的阐释。他认为："一个童年时期就受到优美的科学童话熏陶的人，他会锻炼出一双敏锐的眼睛，一个爱问'为什么'的头脑，一种立图窥探物质世界奥秘的意志；他会逐渐学会观察他周围的丰富多彩的世界；他就有可能长大成为一个爱学习、爱思索、热爱科学、热爱大自然的人。在我们那条漫长而又曲折的'四化'道路上，我们是多么需要这样的人啊！越多，越好。"[②] 公盾在《科学幻想》丛刊发刊词中认为："科学普及出版社创办《科幻世界——科学幻想作品

---

① 贺宜：《童话创作面临着重大的历史任务——〈童话选〉序》，载《童话选》，上海教育出版社1978年版。

② 郑文光：《关于大自然的童话——〈科学童话选〉序言摘要》，载《童话》第2辑，新蕾出版社1981年版。

选刊》，选载中外科幻小说名作。其目的就在于鼓舞青少年和全国人民向往科学，学习科学，献身科学，传播多方面科学思想和知识，激励人们去进行科学幻想，鼓舞人们去攀登科学文化高峰……幻想，科学的幻想！你是发展科学和人类文化所不可缺少的一种动力，你能使人们变得聪明起来，变得更有思考的能力！愿你在已经出现新曙光的再生了的新中国，更高地展翅飞翔吧。"① 三位身份略有不同的论者的出发点基本相同，都从文学的教育性出发，在推动国家建设的大背景中，将科学知识与文学形式的结合看作是普及科学、教育少年儿童的一种很好的手段。

　　科学精神再度得到褒扬，"科学技术是第一生产力"宣言的提出，同时也意味着"知识青年接受贫下中农再教育"理论很大程度上"破产"了。写作者们也呼唤着，知识分子曾经有过的"时间开始了"那样对国家和民族未来的充满信心的、与中国共产党"蜜月期"的归来。例如，郑文光的《鲨鱼侦察兵》、《仙鹤和人》、《太平洋人》，是在"去年秋天，我们二百多个少年儿童读物的编辑和作者，云集在风景秀丽的庐山"时，"每天深夜，会散人静之后，开始写作"的，"后来又把未完成的稿子带回北京来，在庆祝'三中全会'的热烈气氛中写完了这三篇科学幻想小说"②。所以，当时所出现的表现科学精神的小说创作，呼应了改革开放后人们的奋发图强的精神面貌。

---

　　① 公盾：《让科学幻想更高地展翅飞翔吧（代发刊词）——祝〈科幻世界〉——科学幻想作品选刊的诞生》，载《科幻世界——科学幻想作品选刊》第 1 集，科学普及出版社 1982 年版。

　　② 郑文光：《鲨鱼侦察兵》，中国少年儿童出版社 1979 年版，内含《鲨鱼侦察兵》、《仙鹤和人》、《太平洋人》三则。

《呦呦鹿鸣》① 借由方玲和陈炳岐的对话，直接抒发了对知识分子与中国共产党"蜜月期"的缅怀、向往之情。

　　"你把这种忙得喘不过气的生活又带来了！"

　　"不乐意？"方玲用种调皮的声调说。

　　"说真的，我愿在工作中累得哼，也不愿闲得唱！可是，二十年来，就是不让我从事我热爱的生物科学研究，把整整的二十年不值一文地糟蹋掉了！真教人痛心！就是犯罪吧，也应该让人赎罪呀！连这一点点权利也不给！知识成了罪恶，科学成了魔邪！……你还记得我题在你本子上的那段话吧？"

　　方玲应声而起，他俩琅琅地读着：

　　"宁愿让生命在火热的生活中燃成灰烬，也绝不让生命在安闲中腐烂！"

　　"是的，你曾说过，一块铁与其放在那里生锈、腐蚀掉，不如打把锄头，在开山劈土中，磨损得形迹俱无！"

在缅怀、向往之中，包含的是对"文革""伤痕"的控诉。和《呦呦鹿鸣》常用"文革"记忆来对比"文革"前后知识分子的待遇一样，洪汛涛的《一张考卷》②，用直露的象征，激烈地抨击"读书无用论"。《漩涡》③ 对"文革"期间历史的表现，仅局限于"批林批孔"中对"复辟

---

① 刘先平：《呦呦鹿鸣》，人民文学出版社1981年版。
② 洪汛涛：《一张考卷》，原载1978年5月24日《红小兵报》，载《童话选》，上海教育出版社1978年版。
③ 张仕桢：《漩涡》，黑龙江人民出版社1982年版。

回潮"的斗争和"四五"运动。小说的人物谱系有着严格的"道统"。孔老师无疑是"根正苗红"的关键人物,既向前维系着抗日战争时期从延安来的、被国民党杀害的"好先生",又向后引出了曾是孔老师第一个学生的小叫花子曹大海以及魏小奇。这种传承被具象化为"好先生"传给孔老师的一支半截子的自来水笔和曹大海送给孔老师、孔老师又送给魏小奇的金星笔。饶有趣味的是,石老师除了自身的经历值得作为教育材料之外,作者在各处都把他设定为一个与车老师相比略逊一筹的人物,常可看到石老师"不明就里"地将情势向着更为糟糕的境地"引导"。小说作者用科学精神对抗的就是"文革"末期这两次运动中,知识分子所遭受的厄运。在"批林批孔"中,主人公魏小奇在胡红卫、小老白的教唆下,从"肯学好问、门门功课考100分的好学生",变成了"闹课堂,斗老师,交白卷"的"四人帮""小爪牙"。孔老师的优秀学生、出色的技术员曹大海在"四五"运动中被打死,而"四五"运动中向讲演的车老师投掷飞镖的正是小老白。道德上的流氓小老白,同时成了车老师所代表的"政治正确性"和科学精神的明确的对立面。而在与胡红卫、小老白对抗中得到的结果是,刚上小学时就喜欢问"为什么"和稀奇古怪问题的魏小奇,找回了当一个好人的主体性,找回了自己原本就具有的对科学的向往,而让刚接触魏小奇的车老师的爱人宗叔叔产生了"错位"的感觉:"这孩子哪像个逃学的后进生呢?据我看,是个顶聪敏,很有希望的小家伙嘛!唔,应该推波助澜,掀起他思想汪洋里更大、更高的潮汐。"

　　而《呦呦鹿鸣》中,男女主角应和里的科学主义的乐

观精神，或许也正是刘先平的另一部长篇《云海探奇》①
里王陵阳、李立仁两位刚刚从"文革"迫害中走出来的生
物学专家，能够兴致高昂地"信口"而谈李白"道由白云
尽，春与清溪长。时有落花至，远随流水香"，自然想到
王维"万壑树参天，千山响杜鹃"这样一些应和了眼前经
过的"鱼梁"等紫云山、九花山乡野风情的诗句，谈民居
建筑结构、茶道、猴酒等风物、传说的原因了。连穿插于
其中的斑狗与野猪、山喜鹊与蛇的厮杀场景，也因轻松静
观而有了当时短篇动物小说所没有的从容气度。这是一种
痛惜"荒芜的时间"的乐观劲儿，互相鼓励着"一定要把
未来的时间，更好地利用起来，让我们的时间，发挥出最
大的效用"的有着明确社会建设方向的科学精神。在面对
猴子母子奄奄一息的求救时，自然涌起的"怜悯恻隐的感
情"也是需要服从这样的总体科学目标的。姑爷爷许大
爷、张雄许多次插科打诨地调侃黑河是一只小猴子，这样
的活泼描写，是当时普遍略显凝重的长篇小说中的亮色。
而叶永烈的"推理小说"《失踪之谜》② 所关涉的人才发
现、培养问题，决不仅仅只止步于"文革"的批判，而是
如《烛泪》③ 所写的少年班选拔一样，是在各种社会情形、
社会制度下都可能出现的，学术体制对某些人才的遮蔽，
如小说中王松教授就列举了各国科学史上很多重要科学发
明、发现在发明、发现者生前被漠视的史迹。

科学精神也是得到官方意识形态重新高度肯定的，很
多作品中成了一种可以兼容共产主义、国家主义、集体主

---

① 刘先平：《云海探奇》，中国少年儿童出版社 1980 年版。
② 叶永烈：《失踪之谜》，载《科幻海洋》第 3 辑，海洋出版社 1981 年版。
③ 萧育轩：《烛泪》，《少年文艺》（上海）1980 年第 11 期。

义道德理念的精神理念。童恩正的《珊瑚岛上的死光》①
发表在 1978 年第 8 期的《人民文学》上，光是发表在
《人民文学》上这一点，直到 2012 年还在被研究者所记
取、强调："2012 年第 3 期《人民文学》推出科幻小说专
辑，一共刊发了科幻作家刘慈欣的四篇科幻小说。这是
《人民文学》自上世纪 80 年代刊发童恩正《珊瑚岛上的死
光》以来，时隔 30 年对科幻小说的再次关注。"② 这种发
表"规格"，以及荣获 1978 年全国优秀短篇小说奖的"待
遇"，在小说中体现为新奇、强烈的科学想象中对国际形
势的判断，"敏感"地符合了官方口径。叶永烈的《腐蚀》
最为纠结的无疑是付出与回报之间的考量，而这背后的一
个大的"图景"则是集体主义道德理念的生发、内化和升
华。"时隔 30 年对科幻小说的再次关注"的说法有待商
榷，如 1981 年《人民文学》还发表过叶永烈的《腐蚀》③
等科幻作品。还是 2012 年第 3 期《人民文学》的编者前
言说得更为准确，"《人民文学》在三十多年前发表过《珊
瑚岛上的死光》，由此开启了新时期文学中的科幻潮流，
所以，现在发表刘慈欣的作品并非心血来潮，这只是再次
表明，我们坚定地认为，《人民文学》应该伴随和推动中
国文学想象空间的不断扩展"。"中国文学想象空间"扩展
的本身，包含了科幻文学形式的创新与变革，也包含了上
文所说的各种宏大理念的交错，而《人民文学》正是提供
了一个令人关注的独特的展现平台。《珊瑚岛上的死光》
的发表则可以看作 80 年代之后中国科幻文学更新中，一

---

① 童恩正：《珊瑚岛上的死光》，《人民文学》1978 年第 8 期。
② 姚海军：《中国科幻的现实图景》，《人民日报》2012 年 9 月 4 日第 24 版。
③ 叶永烈：《腐蚀》，《人民文学》1981 年第 11 期。

个常常被人提起的节点。

郑文光的《仙鹤和人》的人物结构是许立颖、郝正中两个"模范"、"先进"的组合，这种结构在《太平洋人》里也在延续，并在完成作者设置的"任务"中更彰显出坚韧、奉献的品格。在萧建亨的《不睡觉的女婿》[①] 里，杨国华和陈玮想着"在一切探索大自然的奥秘、征服大自然的工作过程中，难道还缺乏真正的危险，缺乏要求一个真正的科学工作者做出自我牺牲的事情吗？……为了不让同志们着急，也为了不让自己的亲人们担忧，他们不也是常常瞒住了大家，在事先或事后，并不把这些危险的经历告诉自己的亲人的吗？"袁静的《芳芳和汤姆》[②] 里，与芳芳这样被作者设定为理想与模范的道德形象联系在一起的是她钻研科技制作的投入态度，"一夏天没吃过一根冰棍，一年到头，早点光啃馒头，把买包子、豆浆的钱省下来，买科技书，买无线电材料"。将科技精神不同程度地道德化，是很多作家有意、无意间的惯用手法。在《丰丰在明天》[③] 这样的以现代化畅想来教育儿童珍惜当下、勤奋学习的作品中，也是时时处处不忘提醒丰丰"梦游"开始时的初衷是找回自己的橡皮头，同时改正自己不肯动脑子的习惯。一次次的受挫都没有使丰丰真正认识到这一点，只有在最终他陷入了大脑要被笨熊当美餐吃而被换上一颗猿猴脑子的危险境地时，才真正地觉醒了。

① 萧建亨：《密林虎踪》，少年儿童出版社1979年版，内含《奇异的机器狗》、《密林虎踪》、《"金星人"之谜》、《不睡觉的女婿》、《重返舞台》五则，除《奇异的机器狗》写于1962年外，其余作品均写于"文革"之后。

② 袁静：《芳芳和汤姆》，载《未来》第3辑，江苏人民出版社1982年版。

③ 顾骏翘：《丰丰在明天》，中国少年儿童出版社1978年版。

　　《月光岛》①中，在惊心动魄的"受难"之后，孟薇又成了妨碍爱人梅生出国留学的"社会关系"。在孟薇再一次选择自尽的那一刻，对地球生活有着浓厚兴趣的天狼星人们对地球人彻底失望了，认为"地球人要进入文明的理想境界，大约需要再经过一百个世纪……比起宇宙中其他星球的人，无论是科学技术，还是社会公德都差得太远太远"。孟薇也接受了他们的邀请，永远地离开地球，飞向了那个遥远的天狼星。虽然，郑文光在金涛小说后的评论中认为："第二次'失踪'则是对于我们为何清算'四人帮'强加于我们社会主义制度的烙印，提出了发人深思的问题……这条路线被粉碎了，但谁也不能保证它们的残余从此销声匿迹。"小说结尾的"出走"，是针对"社会关系"这样的社会机制的，而附加在"社会关系"上的庞杂、枝蔓的内容，是社会制度难以摒弃的。这种"出走"和"失望"，其实已经直指制度的"内心"。"小说的科学内容"，的确"决不能以字数计算"②。

　　《"北京人"的故事》③呈现了一种非常"奇崛"的文本面貌，对周口店北京人、山顶洞人的事迹的文学叙述的前后，附了另一种字体的按语。在按语中，曾是发掘化石工人、展览馆讲解员、化石发掘指导、"入了党"、"认真学习马列著作和毛主席著作，努力学习文化和科学知识"的黄爷爷和三个听他讲故事的红卫兵，就这些文学叙述文字的科学性、文学性展开辩论。扉页上的"毛主席语录"

---

　　①　金涛：《月光岛》，《科学时代》1980年第1、2期连载。

　　②　郑文光：《要正视现实——喜读金涛同志的科学幻想小说〈月光岛〉》，《科学时代》1980年第2期。

　　③　刘后一：《"北京人"的故事》，上海人民出版社1977年版。

和辩论中引用的唯物主义历史观，都是评价文学叙述文字科学性的依据。在"解构"了故事叙述的科学性之后，往往又为故事的文学化处理找到一个合理的存在理由。按语中理论气息浓郁，而讲述远古人故事部分，又丝毫找不到勉强应和唯物主义理论而敷衍的硬伤，全是自然、融通的。两种话语的奇妙组合，就是这本书的独特之处，是转型时期的时代痕迹。

对现代化美好前景的想象和热切企盼，在这些科幻色彩的文学作品中也是常常出现的。刘兴诗的《死城的传说》①，将塔克拉玛干沙漠的治理和科学说明，直接衔接在了艾桑、古扎丽新中国成立前的"受难"时刻，延续了艾桑"对神秘'死城'古井的悬念，和对一个未来的崭新的美好世界的无限渴慕"。代表了科学精神和现代文明的解放军、沙漠地质队，一起带来了沙层下的古绿洲平原和地下水源的发现。行吟史诗一样的叙述口吻，给这个熟悉的故事套路增添了更多的文学味儿。《小灵通漫游未来》② 以小灵通的视角，在前往未来市的游历情境中，介绍了气垫船、微型半导体电视电话机、水滴一样的无轮飘行汽车、高度智能机器人、到月球避暑等写作时乃至今天科技尚无法达到的技术发明，而其中想象的器官移植、交通违章拍摄、眼内植入镜片、纳米技术般的去污油和防雨衣服、4D的立体电影、太阳能发电、多媒体教学、人工干预天气、暖房种植、庄稼烘干机等最近几十年来已经逐步得到实现的科技幻想，也给今天的读者一种故友重逢之感。而作者对于人造大米、人造蛋、人造肉丸、植物生长激素的提倡

① 刘兴诗：《死城的传说》，中国少年儿童出版社 1980 年版。
② 叶永烈：《小灵通漫游未来》，少年儿童出版社 1978 年版。

和信赖，在食品安全日益得到重视的今天，这种对科技的迷信似乎已经被破除了。在进、出未来市的过程上，作者虽做了清晰的科学交代，但与很多幻想小说一样，作者为未来市保持了最后的神秘感。小灵通没有带照相机，也就无法以照片为证，而唯一的实物证明电视手表，也遗落在火箭上而被带回未来市了。这样未来市的遭遇，就接近于一个恍然的梦了。萧建亨的《密林虎踪》、《重返舞台》、《"金星人"之谜》里①，科学技术在生产、教学里被实际地应用。《"金星人"之谜》想象了旅馆里的"电子服务员"，以及先进的航天技术。《万能服务公司的最佳方案》②预言了信息时代办事的方便与快捷。包蕾的《克雷博士和熊的传说汇编》③，用拼贴新闻报道的方式将一个个故事片段连缀起来，所立意的是，对克雷博士用科技将人变异为熊以达到拳击比赛夺冠从而恢复辛萨王国在体坛上威名的行径的否定。郑渊洁的《邮票上的决斗》④里，老鼠舒克用拖拉机、定向爆破等技术，成功战胜了牛汉斯，对此作者的赞赏是溢于言表的。

　　但是在某些作品中，有关科学的文学想象则显得有些"过度"。比如《松花湖上》⑤作为写实风格强烈的作品，小说中的电解水动能遥控船，在现有科技水平下、在儿童夏

　　① 萧建亨：《密林虎踪》、《重返舞台》、《"金星人"之谜》，载萧建亨《密林虎踪》，少年儿童出版社1979年版。

　　② 萧建亨：《万能服务公司的最佳方案》，《我们爱科学》1979年第7、8期连载。

　　③ 包蕾：《克雷博士和熊的传说汇编》，《小溪流》1980年第1期。

　　④ 郑渊洁：《邮票上的决斗》，《儿童时代》1985年第6期。

　　⑤ 王家男：《松花湖上》，载《朝花》儿童文学丛刊第8辑，人民文学出版社1982年版。

令营中能否被建造出来是值得怀疑的。但作者所渲染的团结协作解决科学难题、了解科学史背景的态度，则给人强烈的印象。金近的《早回来的燕子》①里，燕子的生活被科技完全"规训"了。"麦地里就没有什么虫子，都叫除虫药除掉啦"，燕子失去了捕捉害虫的机会，似乎也失去了作为"益虫"存在的理由。因此，作者给燕子安排了给红领巾气象站报告空中的天气、驱赶麦地里啄新麦的麻雀的新"任务"，还让燕子全家站到模型飞机上，送它们出村，似乎连翅膀也冗余了。

鲁克觉察到这种倾向，并做了"预警"。他指出："当前科学文艺创作中有个加强思想性的问题。有些作品没有很好表现人类在未来社会中的劳动和智慧。离开了这个主要内容而去无限制地描写丰富的物质生活，这是目前的科学幻想作品创作中存在的一个问题。有的作品把未来的人类劳动写得非常简单，如充当生产部门的调度员，或观察机器的工作。有的作品简直是成了优裕的物质生活资料的堆砌。在这些作品中，作者不是引导人们去开拓更为广阔的科学领域，而是去享受。"②郑文光的《鲨鱼侦察兵》等作品，就很详细地介绍解除困境时科学研究的过程。《鲨鱼侦察兵》的整体情节虽然也是南海上的"自卫反击斗争"，但南海渔民捕鱼风俗描写和科学研究情况描绘，让战斗场面轻松化、趣味化，也是这个集子中最有文学意味的作品。他的另一篇作品《天梯》③里，情节的扣人心弦

①　金近：《早回来的燕子》，《上海文艺》1978 年第 6 期。
②　鲁克：《试谈科学幻想作品的特点》，载《儿童文学研究》第 1 辑，少年儿童出版社 1979 年版。
③　郑文光：《天梯》，载《未来》第 1 辑，江苏人民出版社 1981 年版。

在进入科幻部分之后才真正地显现出来。开头处刻意寡淡而古朴的叙述笔调，以及所引述的古汉语县志，在时空穿越的紧张气氛中逐渐消失了，到结尾的喜悦重逢的时候也没有回来，取而代之的是科幻小说中的新闻型叙述，也造成了一种逼真的效果。

充满怪诞、幽默色彩的《7.10 病例》①，将学生面对考试时无可名状的紧张心态，刻画得准确、到位。因为脑海中的知识太多，"眼镜同学"神经错乱，最后需要医生把脑神经拧着的地方整理好，然后把里面堆积如山的习题往外分类整理，被印刷成了畅销的习题书。对父母、老师的严格要求，"眼镜同学"是理解的，但是期许的却是和学生成为朋友的老师、不死记硬背的教学方式。《垃拉圾斯覆灭记》② 相较于《烟囱剪辫子》，也以更洗练的文笔、更紧张的对垒设计，巧妙化解了垃圾对现代城市文明的威胁。相较于社会现实而言，张冲的文学想象已经远远走在了前面，既提供了警示，又在紧实的文学细节考虑中体现了对现实社会的"期许"姿态。《暴风雪的奇遇》③ 写的也是同一个主题。简短的篇幅结构完整，金涛营构了一个因贪婪而资源耗尽的小镇。黑色、荒凉、绝望的笔调，彰显了科幻文学的警示作用。这正是很多科幻文学身上所体现出的科学精神的积极意义。《钟表店里的争吵》④ 的末尾，"它不是表"的叫嚣，在技术更新日益飞速的时代，好像越发地有现实意义、象征意义了。《无暇王子》⑤ 更是从对

---

① 马士君：《7.10 病例》，《少年文艺》（上海）1989 年第 8 期。
② 张冲：《垃拉圾斯覆灭记》，《我们爱科学》1988 年第 1 期。
③ 金涛：《暴风雪的奇遇》，载《科幻海洋》第 2 辑，海洋出版社 1981 年版。
④ 叶永烈：《钟表店里的争吵》，《中国儿童》1980 年第 3 期。
⑤ 沈幼忱：《无暇王子》，《少年科学》1989 年第 7 期。

科学原理、细节的列举、说明中，恰到好处地走向了更为深刻的技术哲学与人生哲学的思索，走向了文学意境。

叶圣陶之子叶至善，对其父亲现代文学史上的重要作品《稻草人》客观、冷静的思考，也给儿童文学写作中科学精神的弘扬提了一个醒。叶至善指出："世界上没有这样一种吃水稻的蛾子……我对父亲说：'《稻草人》的小读者很多，把知识讲错了可不好。'父亲说：'那就一定改正。'上海教育出版社将要出版的《童话选》选了《稻草人》，我父亲已经把这个错误改正了。实现四个现代化主要是人跟自然作斗争。要反映这样一场斗争，就得理解这样一场斗争，除了社会知识，还要有一定的自然知识，包括现代科学技术，否则就抓不住主题，找不到材料，不知道该写些什么，不知道该怎样去写。"[①] 回归事实、回归技术的科学态度，也是"文革"结束后整个社会层面的一种风气。"工程师治国"的出现，延续的应该也是这一思路。而扬弃浮夸、厌恶谎言的科学精神，在一些人身上更是走向了对无论荒诞与否的宏大叙事的逃避。

第三节　是否"教育主义"

儿童文学的"教育性"是"文革"结束后儿童文学界一开始就"纠缠"不已的话题之一。和文艺界批判所谓的"黑八论"几乎同时，儿童文学界也围绕陈伯吹曾遭到批

---

① 叶至善：《不要放开科学》，载《儿童文学》编辑部编《儿童文学创作漫谈》，中国少年儿童出版社 1979 年版。

判的"童心论"① 展开激烈的交锋，如刚刚恢复出版的
《儿童文学研究》第 2 辑上，贺宜的文章《发扬艺术民
主　尊重艺术规律》② 及第 3 辑中的"童心论"讨论板块③
等，都涉及这个问题。人们试图用解决历史问题的方式，
解决当下的问题，而最后往往也纠结于儿童文学"教育
性"的话题。

　　在文艺界的领导层，如何更新或替换文艺为工农兵服
务、为政治服务这一指导口号，也有一个并不轻松的协商
过程。徐庆全回忆④，1978 年 6 月 13 日，《人民日报》以
《认真调整党的文艺政策》为题，发表了"文化部理论组"
的文章，在对"毛主席革命文艺路线"的阐释上，只强调
"文艺为工农兵服务"而舍弃了"文艺为政治服务"的提
法。这是一个引人注目的重大的变化。这大约是粉碎"四
人帮"后较早地对长期以来所奉行的"二为"方针的鲜明
的质疑。1980 年 1 月 16 日，邓小平在中央召集的干部会
议上的讲话中，用明确的语言否定了"文艺为政治服务"
的口号。邓小平讲话后，在胡耀邦的主持下，中宣部召开
过几次会议，传达学习邓小平的讲话，讨论文艺与政治的
关系问题，试图为新时期文艺提出一个新的口号。在有理
论界和文艺界参加的会议上，与会者对邓小平提出的不提

---

　　① 指陈伯吹这样的一段文字："审读儿童文学作品而不站在'儿童立场'上，不
用'儿童观点'去透视，不在'儿童情趣'上体会，不怀着一颗'童心'去赏鉴，那
必然会失之毫厘，谬以千里的吧。"陈伯吹：《儿童文学简论》，长江文艺出版社 1959
年版，第 185 页。

　　② 贺宜：《发扬艺术民主　尊重艺术规律》，载《儿童文学研究》第 2 辑，少年儿
童出版社 1979 年版。

　　③ 《儿童文学研究》第 3 辑，少年儿童出版社 1980 年版。

　　④ 徐庆全：《从胡乔木、邓力群给胡耀邦一封信谈起》，《人民政协报》2004 年 10
月 21 日第 4 版。

文艺从属于政治的意见一致赞成，但对于文艺与政治的关系问题，以及新的口号的提法有很大的争议，有的人甚至认为"文艺为政治服务"的口号应该继续用。与中宣部的几次会议相伴随，报刊上对这一问题的讨论也如火如荼。1980年2月21日，周扬在剧本座谈会上的讲话中说，我们提文艺要为人民服务、为社会主义服务，这不比单提为政治服务更适合、更广阔吗？社会主义的含义不只包括政治，还包括经济和文化。第四次文代会提出，我们的文艺要培养社会主义新人，促进社会主义社会的进一步完善和发展，提高人民的精神境界，满足人民日益增长的文化需要，这不就是文艺为人民服务、为社会主义服务的主要内容吗？在这里，周扬延伸了邓小平在四次文代会《祝词》中文艺"为广大的人民群众服务"的思想，第一次明确地提出了新时期文艺的新口号。7月26日，《人民日报》发表了题为《文艺为人民服务，为社会主义服务》的社论，正式提出用"文艺为人民服务，为社会主义服务"的口号，代替原来的"文艺从属于政治"或"文艺为政治服务"的口号。

围绕着儿童文学教育性的讨论，与用含义更为丰富和广泛的"为社会主义服务"代替"文艺为政治服务"其实有着异曲同工之妙。因为，与80年代中期童话的争鸣中年轻人的激进观点相比，此时争锋的焦点，最后往往集中在关于"教育性"的理解方式上，考虑的是"少年儿童知识读物到底怎么出，才能既为无产阶级政治服务，又具有少年儿童特点"①。谁都不敢贸然否定儿童文学的教育性，

---

① 中国少年儿童出版社：《关于少年儿童读物的特点问题》，《中国出版》1978年第18期。

而是强调"趣味不是我们的目的,而是我们为了达到一定教育目的所采取的手段"①。

贺宜、周晓的观点在当时应该算是比较开明的了。贺宜认为,"有的人把儿童文学'为工农兵服务',理解为只许儿童文学描写和反映工农兵生活而不能反映少年儿童的生活。谁提出多反映一点儿童生活,谁就被指摘为'儿童文学特殊论'或'儿童本位论'。有的人把儿童文学为工农兵服务,理解为作品只须成年人认可,而不必得到少年儿童群众自己的批准。他们根本不考虑少年儿童本身的思想感情、兴趣爱好和不同的年龄特点,不注意是否能为少年儿童所理解,所喜闻乐见。只凭着主观想象和愿望,想当然地把一些东西塞给孩子们。结果就出现了大量缺乏儿童文学特点的不受小读者欢迎的'儿童文学'作品,它的唯一的'特色'就是比成年人看的作品短小一点,粗糙一点,简陋一点。这种作品遭到广大少年儿童读者的冷淡和厌弃,是理所当然的"②。周晓认为,"为了促进儿童文学创作思想的解放,在儿童文学社会教育功能问题上,我主张打破戒律,认识上要尽量求其宽。儿童文学的教育作用是重要的,尤其在经历了'十年浩劫'之后,对于青少年,医治内伤,塑造灵魂,强调儿童文学的教育作用无疑更有其迫切性。我们不妨说:儿童文学,就是教育儿童的文学;但是,我们决不能把儿童文学单纯作为达到某种思想教育目的的直接教具。过去,那种把作品的教育意义和

---

① 中国少年儿童出版社:《关于少年儿童读物的特点问题》,《中国出版》1978 年第 18 期。

② 贺宜:《发扬艺术民主　尊重艺术规律》,载《儿童文学研究》第 2 辑,少年儿童出版社 1979 年版。

政治性等同起来的'左'的观点，已经窒息了儿童文学的创作生机……纵观儿童文学史，的确有不少作品写作时是有正确的思想教育目的的，其中不乏优秀的作品，大家熟知的老作家张天翼的《罗文应的故事》即是适例。可是，也有不少影响久远的儿童文学世界名作，并不是具体的教育目的的产物，而是生活的激情孕育的艺术之果。这样的作品，写作时很难说有具体的教育针对性，但由于所描绘的生活蕴蓄着生活的真理，因而富有宝贵的教育意义，这是人所共见的"[①]。在那一时代典型的进两步退一步的缠绕式文学论述言辞中，我们可以辨析出贺宜想为"少年儿童的生活"、"儿童文学特点"在儿童文学中找到存活的可能性和迫切性。周晓则试图区分生硬图解教育目的的创作方式和"生活蕴蓄着生活的真理……教育意义"的审美教化效果，将无直接"教育针对性"的作品包容在普泛的教育意义之中，从而达到广泛意义上的"文艺为人民服务，为社会主义服务"的目的。

在童话创作领域，"热闹派"、"抒情派"的说法颇为流行，而对"教育性"的攻击、替代，几乎是两者的共性。1982 年 2 月，任溶溶在湖南少年儿童出版社成立大会后的讲座《漫谈儿童诗》中，已经提到了后来影响广泛的"热闹派"、"抒情派"童话的说法[②]。虽然在理论言说上，年轻的作者们对"游戏性"、非"教育性"的强调变得更

---

① 周晓：《儿童文学札记二题》，《文艺报》1980 年第 6 期。

② "我看童话有两派：抒情派、热闹派。我最爱听相声，听起来很热闹。童话也是这样，安徒生比较抒情，像《木偶奇遇记》就比较热闹。张天翼同志的作品也比较热闹。像陈伯吹老同志讲话就很文雅，不像我'哇哩哇啦'跟猛张飞一样。那么他的作品也更趋于抒情，还包括葛翠琳同志。所以有人更爱抒情，有人更爱热闹，有人更爱出故事，有人更爱优美的诗句。"任溶溶：《漫谈儿童诗》，载《作家谈儿童文学》，湖南少年儿童出版社 1983 年版。

为强势，并随着文学淡出社会舞台的中心，文学的娱乐性被逐渐放大，大家都不再那么强调文学的政治、道德宣讲功用，这种强势得到了保持和扩大。但是，重去看这些儿童文学"游戏性"、"文学性"的宣导者们的作品，就可以发现，他们自身的创作也有一个从潜移默化的、根深蒂固的直接宣导教育主题的写作模式"出走"的过程。

在郑渊洁早期的童话作品《黑黑在诚实岛》①、《"哭鼻子"比赛》②、《脏话收购站》③、《开直升飞机的小老鼠》④等中，"好孩子"是这些作品中的模范和样本。与后来的《舒克和贝塔》相比，《开直升飞机的小老鼠》结构相对简单，舒克开直升飞机离开家的动机是"到外面去闯闯，通过劳动来换取食物"，作者只安排了舒克从水洼里救小蚂蚁、帮蜜蜂运蜂蜜、从小男孩枪口下解救小麻雀三个"英勇"举动，最后舒克也因为这几个"善举"，"救赎"了自己的老鼠身份，在宴会上得到了这样的肯定："老鼠不老鼠我们不管，他是我们的朋友舒克。"无论是做好事得到救赎的情节模式，还是好事的写法，都让我们觉得在之前的童话中似曾相识。

班马所讲的"'热闹派'的泛称是不算偏颇的。在大变革的时代背景下，它率先冲毁了曾在中国儿童文学之中衍生的道学气，带来了久违的游戏精神"⑤，放之于这时的郑渊洁童话中，似乎并非完全不成立。我们仍能不十分费力地辨识出朱自强所说的"落后儿童经过教育成为模范儿

---

① 郑渊洁：《黑黑在诚实岛》，《儿童文学》1979 年第 9 期。
② 郑渊洁：《"哭鼻子"比赛》，《儿童文学》1980 年第 6 期。
③ 郑渊洁：《脏话收购站》，《儿童文学》1981 年第 5 期。
④ 郑渊洁：《开直升飞机的小老鼠》，《儿童文学》1982 年第 12 期。
⑤ 班马：《童话潮一瞥》，《儿童文学选刊》1986 年第 5 期。

童"①的模式。郑渊洁在这时所强调的"想象丰富"、"生活的哲理",后来逐渐演变为对"游戏性"的肯定,而他自己也承认此时的童话"还没能摆脱童话创作的老框框"②。

那么就只有在和《拨火棍》、《南风的话》、《翻跟头的小木偶》这样带有"梦呓"色彩的政治"寓言"童话的比较中,才能看出这些仍不脱教育主义套路的"热闹派"童话的积极意义了。尽管"模范儿童"的理想在"郑渊洁"们的童话中仍未破灭,但与官方意识形态已经分道扬镳了。哪怕是隐喻现实政治,也不时地流露出对人性或社会规则的讽刺。鼠王用让自己闹钟停止运转的方式成为世界上第一只不长岁数的鼠王,但这样一来,就无法在生日收受鼠民们绞尽脑汁准备的礼物了,于是鼠王又用把表针往回拨让自己的时间倒着过,先过 4 岁的生日,然后是 3 岁的生日,结果老死在自己 0 岁大寿时。文中的鼠民,不禁让人想起了刚刚结束高喊万岁的庶民们(《鼠王偷时间》③)。猴王使用祖宗传授的变形术,见大臣、见百姓、见政敌、见猴兵时,都变不同的形。今天说的话,明天就可以不认账;上个星期提拔的大臣,下个星期就可以把他送进监狱。出人意料的是,一年后,猴王宣布退位,因为不变形就当不了大王,变形就没了自己(《猴王变形》④)。《马王登基》⑤里,马王登基后,办的第一件事是选了一位

① 朱自强:《论中国当代儿童文学的儿童观》,《东北师范大学学报》(哲学社会科学版) 1988 年第 4 期。
② 郑渊洁:《童话属于孩子们》,《儿童文学选刊》1982 年第 3 期。
③ 郑渊洁:《鼠王偷时间》,新蕾出版社 1986 年版。
④ 郑渊洁:《猴王变形》,湖南少年儿童出版社 1992 年版。
⑤ 郑渊洁:《马王登基》,湖南少年儿童出版社 1992 年版。

能说、反应快、会装傻充愣、撒谎时脸不变色心不跳、能把最肮脏的事说成最神圣的事也能把最神圣的事说成是最肮脏的事的新闻发布官。冰龙听到整个中华民族都是龙的后代，越想越兴奋，忘记了自己的本质，飞向了太和殿前的广场，融化在了太阳里，最后的念头是"如果没有太阳就好了"（《冰龙》①）。可以看到，这几个作品，无一不带着浓浓的政治隐喻色彩。对于刚刚经历过类似现实情景的80年代成年人来说，这一切都是似曾相识的。《皮皮鲁遇险记》②里，掉落虎山的皮皮鲁可以与老虎交流"一种他乡逢知己"的孤独感，而营救的人们无法理解这种孤独，呈现的是全社会总动员为抢救一个普通孩子的壮烈场面。在营救成功的节日般的气氛中，只有一个人哭了，因为虎崽倒在了血泊之中。陈模认为郑渊洁"希望用童话启发孩子们的美感，受到共产主义思想与品德的熏陶，这个愿望是十分可贵的。如果给小读者正经地讲大道理，他们就难以理解和接受，若是以童话进行形象的教育，那效果就很不一样了"③。但很多时候，郑渊洁童话里的这种"形象的教育"常常显现为人性、政治中的阴暗面。在《牛锁》④里，李大伯在被自己养的叫牛锁的黄牛咬住、吃掉的时候，还没有相信这一事实，还是觉得自己冤枉了牛锁，这吃他的动物一定不是牛锁而是一只狗熊，自己眼花看错了。在这里，李大伯更是还没有如《鼠王偷时间》里的鼠民们那样醒过来。

---

　　①　郑渊洁：《冰龙》，载郑渊洁《龙王闹海》，湖南少年儿童出版社1989年版。

　　②　郑渊洁：《皮皮鲁遇险记》，《儿童文学》1986年第8期。

　　③　陈模：《他把孩子们带进了童话世界——〈皮皮鲁全传〉序》，载《儿童文学研究》第17辑，少年儿童出版社1984年版。

　　④　郑渊洁：《牛锁》，载郑渊洁《牛王醉酒》，湖南少年儿童出版社1986年版。

吴其南认为："'热闹型'童话对新时期童话发展的真正意义不在新审美规范的建立，而在对旧的审美规范的突破……许多'热闹型'童话，如郑渊洁的一些作品，也常常借用一个表层怪诞的故事，传达作者对生活的认识或某种社会认可的观念，图解的痕迹仍相当明显。新时期'热闹型'童话基本上是一种适应儿童习惯性审美趣味的俗文学，它以契合儿童爱热闹的心理获得读者，而不是对生活的深刻发现，启迪、引导读者，当读者的审美能力提高或社会审美心理发生变化时，它与读者的距离便显示出来了。于是既超越教育童话又超越'热闹型'童话，在新的基点上探索童话创作便成为一种合乎逻辑的要求"，探索童话"也写社会，也写生活在社会群体中的人的感情，但是从人生、生命的角度来看社会，而不是只看到人的社会性而忽视人生、生命中更丰富的内容……当作品完全突破旧的理念性很强的教育框架后，感受和体验在创作中的地位凸现了。作品不再用一个象征性的故事将某种意义明确地传达出来，而是真正打破内容、形式的界限，将情感、情绪转化成故事、画面，意义内在于符号，故事、语言就是作品本身"①。80年代先锋童话的探索，本书将在第四章中探讨。从吴其南的对比分析，我们可以看出"郑渊洁"们的童话打破的也正是与官方意识形态的正面配合，在寻求"纯文学"的童话叙事中，颠倒了狭义的政治寓言，又建造了社会主义体制内部所能容纳的另一种政治讽喻，亦是从"文艺从属于政治"或"文艺为政治服务"走向"文艺为人民服务，为社会主义服务"。

---

① 吴其南：《中国童话史》，河北少年儿童出版社1992年版，第341页。

梅子涵指出:"'教育'这个词在文学里,尤其是儿童文学里,不应当成为一个忌讳的词。因为'教育'这个词的本身是伟大的。它是人类对自己的救赎和提高。我们应该非常原谅儿童文学在和教育结合中的种种不成熟,那往往不是教育的原因,而是文学的原因。是文学家没有掌握恰当的叙事,没有学会以最充分的趣味和情感把美好的心愿和方向给予年幼孩子,以至于他们面对着这样的美好心愿和方向时会无精打采。文学和教育的联合,是应该有足够的实验期的,尽管人类已经有了很多的优良成果,但是它还需要足够的继续实验。中国的儿童文学在80年代之后,对于'教育'表现出普遍的忌讳心理,甚至'取消主义',在儿童文学里提教育,会被视为腐朽。我们以为这是我们文学成熟的表现,其实这只是我们走往成熟的文学的不成熟的表现。我们的儿童文学也是走在路上。"① 这就涉及成人作者关于社会、人生的体悟和积累,会以何种面目渗透于儿童文学文本之中,朱自强对教育行动的批判其实最痛恨的还是作家对宣传政策"束手无力",不能反抗,只能"乖乖"地用自己的作品去"宣传"官方的政策,同时还"可怜"地在文本中摆出高高在上的智者的模样。"历史已经令人可悲地证明了两点:一是我们的作家们过去所信奉的许多教育观念是错误的,二是在作家们高高在上的道德训诫和说教之下,遭到压抑甚至扼杀的是儿童们合理的欲望和宝贵的天性。这两种不幸,存在于五六十年代的许多儿童文学作品中,甚至有些获奖的'优秀'作品

---

① 梅子涵:《讨论写作》,《文学报》2012年11月22日第7版。

也未能幸免。小说《蟋蟀》（获第二次全国少年儿童文艺创作评奖一等奖——朱自强注）中的赵大云是作家着意肯定、褒扬并寄予期望的少年形象。他小学毕业不参加中学考试，回到农业社铁心务农，他认为割稻、犁田这些原始式的劳动便是'学习'。有的评论者赞扬《蟋蟀》以一个小角度来反映一个大的主题，真正是寓教于'乐'的。但是，人为地把游戏与工作对立起来，进而取消对少年儿童来说也是'最正当的行为'——游戏，谈不到'寓教于乐'，而把不屑于参加中学考试，却对割稻、犁田这些笨重原始的劳动一往情深的赵大云树立为少年儿童的楷模，则是多么愚昧落后的教育思想！"①

当时的评论者也非常注意去辨析儿童文学"教育性"在合情合理情节中"形象"的达成。金近指出，"有个作者，为了要在童话中表现工人的有创造性的劳动，于是他写了一个猴子在车间里认真干活，研究技术，由于搞了技术革新，最后被评为劳模，戴上了大红花。这样简单化地来写童话，实际上把人的行为降低到猴子的行为，那就干脆写人，写小说好了，何必要通过猴子来写人呢？所以，我们的童话创作，在反映生活上，是有它的特殊表现形式的，不能把反映生活，简单化地不通过幻想，没有合情合理的故事情节，生搬硬套地去配合中心任务，那样，不仅起不了教育作用，反而成为一种错误的非驴非马的东西"②。谢冕评价《兔子和乌龟的第二次赛跑》认为："教

① 朱自强：《论中国当代儿童文学的儿童观》，《东北师范大学学报》（哲学社会科学版）1988年第4期。
② 金近：《童话创作上的两个问题》，载《儿童文学》编辑部编《儿童文学创作漫谈》，中国少年儿童出版社1979年版。

育意义是充分的，但形象性也是充分的。它的教育作用是
自然而然地使孩子心领神会，而不是依赖于强加的办法。
它并没有把'政治'的钙质、把'思想'石灰石的粉末填
入儿童的脑袋里去，使未成长的大脑钙化。这话是你说
的，我赞同，而且，我也觉得它是尖锐的。"①陈子君的观
点更为尖锐，他觉得"但凡有'形象'的东西也未必都是
文学。文学的更重要的特点还在于它要有'感情'。现在
我们不少儿童文学作品的一个主要弱点正是在于，光有故
事情节和人物形象，却没有感情，或者感情很淡薄。这样
的作品很难叫人读下去"，这就从作品的形式分析，转向
了作者的创作态度是否认真，是否敬畏文学、敬畏儿童文
学。而"之所以会出现这种情况，主要是因为一些作者在
构思作品时，不是从审美的角度出发去反映生活，描写自
己最受感动的东西，以自己全部的感情和作品中的人物同
呼吸，共命运，而是单凭某种既定的概念，加上对生活的
一些粗浅的理解，去编故事，图解政治，灌输思想，企图
以此来赋予自己的作品以'教育意义'。这当然不会成功
的"。对于曹文轩的现实题材小说《弓》，陈子君认为
"《弓》的成功之处就是，作者把一个孩子的生活放在比较
广阔的社会背景上来写，作品在短短的篇幅中包含了那么
多的生活内容。作品既有教育意义，又有认识意义。但这
种教育和认识的意义不是通过说教来完成的，而是通过并
不回避矛盾的方法，比较真实地反映了现实生活，把丰富
的思想溶化在有血有肉的人物活动中，透过形象给读者提

---

① 谢冕：《北京书简——关于儿童诗》，载《榕树文学丛刊》第 2 辑，福建人民出
版社 1979 年版。

供了充分的自我思考的余地"①。在《弓》等现实主义小说中，曹文轩所践行的也是其一贯的"悲悯"情怀。随着80年代的形式革新，儿童小说表现愈益广阔的生活画面，提供更为充分的思辨空间，其内在丰富性正在不断得到加强。而80年代童话创作中对教育主义的反叛，最初就是从小说、童话作为"直接教具"的遭遇出走开始的。任溶溶的《奶奶的怪耳朵》②的意趣，就来自于作者疏密得当的笔致所写的人物的幽默心理，在侃侃而谈的兴味中，讲了一个颇有"教育性"的生活故事。

　　和儿童文学的"教育性"关系密切的另一个题材是动物小说。陈伯吹指出："动物故事往往是寓言和童话的雏形，正如'童话是小说的童年'一样。"③对此，我们也可以从动物故事、童话、小说具有类似的叙事方式的角度去理解。80年代的许多以动物为主角的小说、童话叙事也因其强烈的道德责任感，而逃不脱与教育主义的纠葛。

　　如王泉根就认为，沈石溪"通过个性化的动物形象的命运和遭遇，构筑起一个充满奇妙幻想和在精神上完全人化了的动物世界，从而来巧妙地折射出现实人生"④。整体来看，沈石溪的动物小说也正是在从早期的国家主义、教育主义，走向后来的生态主义、市场搏杀丛林法则的步伐里，呈现出与教育性的关联的。在《象群迁移的时候》⑤

①　陈子君：《要继续研究儿童文学和教育的关系》，载《儿童文学研究》第17辑，少年儿童出版社1984年版。

②　任溶溶：《奶奶的怪耳朵》，《少年文艺》（上海）1982年第10期。

③　陈伯吹：《试论动物故事》，载《儿童文学研究》第1辑，少年儿童出版社1979年版。

④　王泉根：《云南儿童文学的思考》，载云南省文联文艺理论研究室编《云南儿童文学研究》，晨光出版社1996年版。

⑤　沈石溪：《象群迁移的时候》，《儿童文学》1980年第4期。

里，头象"扁召屯"和老象奴巴松波依的命运是"同构"的，控诉土司残暴的《贺新房》的歌声让头象"扁召屯"在 30 年后和老象奴巴松波依相认，也接通了叙事当下国家利益的"正义"与当年"革命"的"正当"。在《一只猎雕的遭遇》①里，金雕巴萨查被赋予了完整的道德性，包括对主人的忠诚、对自由的向往、对蓝顶儿爱情的忠贞，最重要的是竟然违反主人的命令，拒绝违背狩猎道德偷盗他人猎物，这也将巴萨查的道德高置在了人类之上。主人对巴萨查的处置是将其卖掉，让巴萨查从一只尽职的猎雕，开始辗转的命运。最后因为返回丛林的巴萨查再次邂逅了主人，解救了主人，和主人联手打败了杀死蓝顶儿的那只母野猪，替蓝顶儿报了仇。在短暂的回归和温馨后，巴萨查最终和主人一起走向了风雪垭口，也踏上了被风雪围困的死亡之旅。最终，巴萨查将自己的血和生命献给了主人，目送主人走上了突围风雪的回家之路，也完成了自己一生的道德高度。

关于小说中具有强力意志的形象，就像沈石溪自述的，某种程度上来自于作者自身的生活体验。"和那位女生比起来，我别说没泡在蜜罐子里了，简直就是一根腌在苦水里的黄瓜。就在那位女生家里，我顿然醒悟，在这个世界上，人和人是不一样的；人的社会地位是有差异的，平等永远是个神话。要想摆脱贫困，要想活得不比别人差，就要奋斗。"②《狼王梦》中处心积虑的紫岚，在沈石溪很多小说中都有类似的形象，也是沈石溪动物小说建构丛林法则的途径之一。在《一只猎雕的遭遇》里，角色为了生

---

① 沈石溪：《一只猎雕的遭遇》，江苏少年儿童出版社 1990 年版。
② 沈石溪：《后记》，载沈石溪《狼王梦》，民生报社 2003 年版。

存、为了后代的"处心积虑"，主要体现在蓝顶儿身上，主要体现在那个情节段落之中，而没有像《狼王梦》、《白天鹅红珊瑚》① 那样成为弥散在更多、更长情节里的结构因素。

《冰河上的激战》② 的肃杀激斗中，作者如此强烈地将正义与邪恶同交战双方联系在一起，不惜跳出来，加入大段的抒情和"表赞"，让人看到从民间童话遗存下来的对动物角色设定的思维模式，也是一种道德教育的思维惯性。相较而言，《蓝色象鼻湖》③ 里的气氛就更为从容，波敢给土司当"象奴"的生活已经成了远去的背影。在"近景"中的是傣族人在勐西纳森林中的自得生活，作者将波敢带领岩勇们捕象的点滴细节铺排得疏落有致，让人在轻松中体验密林深处那令人感到陌生、新奇的几昼夜。因嫉妒而放走刚驯养的小野象的"调皮捣蛋鬼"岩拉，在和岩勇、玉芭一起重新捕获小野象，并收获了另一头大野象中，最终忏悔了自己"几天来的沉重的思想包袱"。这一过程并不因为具有教育意义而失去可信度和柔韧度。而《尾巴比赛》④、《黄瓜架下的谋杀案》⑤、《黑猫警长》⑥ 等兼具科学道理和动物角色的作品，则回应了另一种形式上的动物小说如何顺利地游走于情节的精彩度和动物科学习性之间，更何况《黄瓜架下的谋杀案》还兼具了道德品性判断和说明的强烈意愿。

---

① 沈石溪：《白天鹅红珊瑚》，少年儿童出版社 2010 年版。
② 蔺瑾：《冰河上的激战》，《东方少年》1982 年第 2 期。
③ 张昆华：《蓝色象鼻湖》，新蕾出版社 1981 年版。
④ 鲁克：《尾巴比赛》，载鲁克《童牛金鱼》，天津科学技术出版社 1979 年版。
⑤ 郑小凯：《黄瓜架下的谋杀案》，《文学少年》1981 年第 1 期。
⑥ 诸志祥：《黑猫警长》，福建人民出版社 1982 年版。

第三章

性别角色的理想与现实

第一节　成长中的性别关系

在《钟声》①里，家庭里性别角色的差异似乎只是体现在称谓上。季奋的妈妈"从参加革命造反队造了刘少奇修正主义路线的反以后，被推上了领导岗位，当上了车间主任，比过去更忙了。今天工人张叔叔来，明天工人李阿姨到，谈的是马列，抓路线，清理阶级队伍，批林整风，谈的是小船台造万吨轮"。"妈妈坐在小板凳上一边拣韭菜，一边同一个风尘仆仆的中年人说着话，那么热烈，那么亲切"，原来到内地参加支援三线建设的爸爸"带一支小分队到东海之滨一些工厂学习来的，刚到家"。三年前响应"毛主席关于知识青年到农村去的伟大号召，决心去边疆农村插队落户"的姐姐，"而今却变得令人尊敬了起来……她那粗犷的动作，多像战斗在珍宝岛上的反修战士；她那眉宇间的气概，多像金训华大哥哥啊"。这样失去了通常意义生活美感的性别叙述、家庭叙述在革命历史中是"正常的"，"样板戏"中的人物之间往往缺乏生理的

---

① 《钟声》创作组，俞天白、王锦园执笔：《钟声》，上海人民出版社1976年版。

"性"关系，"孩子，你爹不是你亲爹，奶奶也不是你亲奶奶"（《红灯记》）。这是因为"只有具体的人性，没有抽象的人性。在阶级社会里就是只有带着阶级性的人性，而没有什么超阶级的人性……世上决没有无缘无故的爱，也没有无缘无故的恨。至于所谓'人类之爱'，自从人类分化为阶级以后，就没有过这种统一的爱"①。在这样的家庭人物描写中，"革命"话语与日常生活紧密地结合到了一块儿，我们很难找到"世俗"的男、女性别角色。

虽然，同样也还没有逃脱直白的道德教育的窠臼，80年代儿童小说中，作者对家庭中的性别角色身上的骨肉之"爱"不再避讳，对家庭温情的表现也不会再遭到斥责、批判。《小尾巴》②尽管很明显地是在讲述一个道德成长的过程，但是把哥哥对弟弟的真实感觉，演绎得让人读了忍俊不禁，无论是一开始对弟弟的讨厌，"哪好意思跟他抢着吃……一碗杏我只吃了两个"，还是因为得到弟弟的夸赞，而发现"原来我在弟弟心中的地位那么高，敢拿我和小贵的爸爸比……在弟弟眼里，我简直成了大英雄"。弟弟跟我去参加植树竞赛，偷拿了队里的小树苗。看到一心想做好事、戴小红花的哥哥为此在写检讨书，弟弟送回了树苗，承认了错误。哥哥似乎也带着这个"小尾巴"弟弟，超越了干淘气事的阶段，获得了道德上的飞跃。

《铁脚中锋》③里的哥、弟闹别扭，背后显然有一种旁观者人人明白而主角糊涂的道德指向作为支撑。包括弟弟

---

① 毛泽东：《在延安文艺座谈会上的讲话》，载《毛泽东选集》第 3 卷，人民出版社 1953 年版。

② 徐德霞：《小尾巴》，《儿童文学》1981 年第 12 期。

③ 乐汉星：《铁脚中锋》，中国少年儿童出版社 1983 年版。

在内的周围的人们都为姜炳华足球技术和为人而操心，弟弟也有着明确的道德理念，就是要阻止姜炳华的骄傲，要姜炳华带领原先和他一起在广场上踢球的朋友们练球。道德指向的强度和表现，虽然有点超越了年龄的限度，但是因此而表现出来的哥、弟互动的生活画面，却很值得一观。同样毕业于体校、也是姜炳华的教练徐振栋教出来的、姜炳华"顶顶崇拜顶顶喜爱"的著名运动员林志斌，在姜炳华成为"新人"的各个环节中，都起了非常重要的、实实在在的示范作用。另外，起帮助作用的就是上文提到的家庭和学校人际关系的网络。在小说的后半部分，姜炳华在病床上读《钢铁是怎样炼成的》中那段"人的一生应当这样度过"名言的场景，反而显得有点"高蹈"。而"姜炳华脱掉衣衫，露出黝黑健美的胸肌。他用力弯起右臂，攥紧拳头，臂膊上高高地突起一块肌肉，小山似的，坚硬而富有弹性"，这样有着明显性别特征的指涉身体的欣赏性细节描写，也让我们看到了小说在表现男孩的性别成长时，与《钟声》等小说的不同之处。身体描写，不再是儿童小说绝对的禁忌。

到了《孩子们的欢乐》①、《爱的渴望》②、《还有一位老船长》③里面，家庭里日常的人情世故，成了氤氲、扩散在文字里和心头的气氛。为了让"在文化革命运动中失去了一条腿，没有走出浩特一步"的阿爸和"一年到头除

---

① 白音查干：《孩子们的欢乐》，载张锦贻等编《中国少数民族儿童小说选》，海燕出版社1990年版。该篇作品笔者研判为20世纪80年代的作品，但无法找到原始出处。

② 岳丁：《爱的渴望》，《人民文学》1982年第6期。

③ 董宏猷：《还有一位老船长——〈长江的童话〉之一》，《儿童文学》1985年第4期。

了羊群别的什么也没见过"的阿妈去参加那达慕大会，满都拉、呼和格日乐、呼和图克按捺住自己对那达慕大会的向往，让满都拉装肚子痛。"小满都拉多想跟着阿妈走呵！可是他为了替自己说出的话做主，硬是滚动着泪水留下了"。让读者看到了满都拉们的成长，也看到了世俗亲情的复归（《孩子们的欢乐》）。《爱的渴望》的结尾虽然未必为儿童所理解，但是"我"对于父母、对于家庭关爱的渴求是强烈而真挚的。在《祝寿》①等小说里，既因为更多人物角色的加入，也因为更复杂的人物关系，家的氛围在更复杂的情感关系中展开。黑契叶尔泰的真正成长，就在他想向奶奶忏悔说出奶奶并没有错怪自己偷了临行前的那15块钱的一刻。但是，成长根基却是赛罕草原上的人们用宽容逐渐矫正了黑契叶尔泰偷窃的习惯。这种包容替代了"文革"中被"内人党"案而死去的妈妈、判刑的爸爸，起到了照顾黑契叶尔泰的作用。

《红斑》②里的"我"感知到了后父的儿子刘满山、刘满林的手足之情，体认到了再婚的父母的难处。《七叉犄角的公鹿》③里的"我"对那头鹿的怜惜，最终将自己推入到了危险之中。"前胸的衣裳像被刀割似地撕裂了，露出里面血糊糊的狗嘴般翻裂的伤口。"尽管作者对伤口的表现很有节制，但是我们仍能从其中感觉到危险的存在。"我"也实现了在后父特吉面前的成长承诺。到了《淡淡的白梅》④里，作者的文学处理让"我"和原本有可能成

---

① 艾基：《祝寿》，《儿童文学》1987年第7期。
② 赵惠中：《红斑》，江苏人民出版社1983年版。
③ 乌热尔图：《七叉犄角的公鹿》，民族出版社1985年版。
④ 庞敏：《淡淡的白梅》，《小溪流》1988年第5期。

为后母的白梅的情感，在恬淡中走向遗憾。疏落的笔致让人看到，处理这样的题材也可以不那么"浓墨重彩"、大动作幅度地"手舞足蹈"，反而走向内心更深层的失落。黑老三在牛娃子眼里，就是一个精神上的父亲。这个"铁塔般的黑汉子"的外貌和行事风格，也给予牛娃子、黑皮、水伢子最初的性格成长的"启蒙"。难得的是，作者将男性粗犷行为中常难以言传的心情细节，通过精心挑选的几个回合的情节，不动声色地准确表露于人物的动作、言辞之中（《还有一位老船长》）。

在表现各个阶段儿童成长的小说中，更多的作家用男、女主角的互动，来表现成长中的性别关系。与人物主角的年龄特征相关，也与作者对待儿童男、女主角交往的态度相关，这些作品对这种性别关系的处理也不尽相同。《改名儿》[1]、《芳芳和汤姆》[2] 这样的小说，与《今夜月儿明》[3] 相比，就显得真的是"无关风月"了。

《改名儿》在第一人称叙述中，将男生起哄，男、女生打赌的"气场"和现场感觉写得很足，而这都源自男、女生同名的设计。《芳芳和汤姆》里，芳芳和汤姆的差异，既来自于社会环境，也来自于性别，两者融合在了一起。经常使汤姆恼火的情景是："一些大人孩子望着他，有的好奇地跟着他，叽叽咕咕地议论：这个黄头发、蓝眼珠的外国孩子是男孩儿还是女孩儿呀？多数人认为他是女孩儿。的确，他前面的头发长到眉毛，像中国女孩子的'刘海'，旁边的头发盖着耳朵，后面的头发到了脖子，这不

①　茅庆茹：《改名儿》，《少年文艺》（上海）1977年第8期。
②　袁静：《芳芳和汤姆》，载《未来》第3辑，江苏人民出版社1982年版。
③　丁阿虎：《今夜月儿明》，《少年文艺》（上海）1984年第1期。

是中国女孩子的发型吗？""汤姆最大的特点，还是活泼、淘气。中国小男孩也有'淘气大王'、'淘气包'，可汤姆的'淘气'，与众不同，特别'出格'，还带点大胆和勇敢精神，他是常常引以为自豪的。"因此在外貌和性格两个方面形成了性别风格的对峙，促使汤姆做出一些改变。

有意思的是，作者在芳芳、汤姆共同制作无线电小发明、"友谊"升温的过程中，安排了一个"求婚"的波折。汤姆"望着芳芳那可爱的姿态"，想着"汤姆·索亚能和贝奇搞对象，我为什么不能向芳芳求爱呢"，"一说'亲爱的芳芳'，他的舌头上好像抹了油，不由自主地把真心话和银幕上、舞台上学来的词儿，一股脑儿都给端出来了"。而作者对"正面人物"芳芳反应的描写，就让我们确证了的确是无关风月。芳芳"很少看电影，偶尔在小燕的家里看会儿电视，总是新闻联播、祖国各地之类。一看到搞对象内容的电视剧或电影，就觉得很没意思，赶紧跑回她的小屋，忙她的小制作……说实话，芳芳脑瓜里没有什么男女界限，也从来没有往这方面想。她怎么也不能理解，像汤姆这么大点的嘎嘣豆子，怎么会想到'结婚'呢？这不是没羞没臊么？不是寒碜人么？"这与其说是对儿童无任何性别意识的状态的如实描绘，还不如将其看成是作者的一种美好预期更为合适。因为不仅与我们在生活中对小学生的印象有差异，也和另一些作家笔下的儿童形象有着迥然的差异。

《留级生》[①]里李彤彤的目光，让男孩苏小亮认识到自己被同学们当成女生对待了。为了改变这种状况，苏小亮才决定跟着李彤彤玩，做个真正的男子汉。砸破小孩脑

---

① 王安忆：《留级生》，载《巨人》儿童文学创作丛刊 1981 年第 2 期，少年儿童出版社 1981 年版。

袋，男、女生交往被起哄，都考验着男、女主角什么才是真正的勇敢。《昨日的梦》①里的男孩学文，对女孩建花送给自己亲手做的书包，态度是珍爱的。而在被学文妈在村子里"到处咋呼说"，"言下之意，建花是她未来的儿媳妇"后，建花在对学文的躲避时内心的纠结和学文不明就里的猜测，成了现实社会环境中一抹别有青少年情趣的亮色。作者所试图表现的乡村图景，也在这颇有传统人际关系特色的表现中日益明晰。全书结尾处，建花"我毕业后，就回来和你一起描绘家乡"的承诺，也是源于"青梅竹马的岁月"。

《叶绿》②的取景则是城市里的中学，作者对叶绿、夏波、刘大毛在排练《找朋友》中两次忸怩态度的转变，把握得还是到位的，虽然第二次转变来得有点快。作者对于歌名的调侃，具有时代特色，也颇为幽默。同样取景于城市少男、少女生活的《双人茶座》③，男孩"我"和女孩毛兰一起去咖啡馆的事情，尽管只是存在于"我"信口开河的胡诌里，但是"我"在胡吹时闲逛的动作和悠然的自我感觉，却恰与作者所立意的主角及家长们的从容而有节制的姿态吻合。"过了立交桥就是另外一个区，我想我们没有必要到另一个区去，那就太远了"，结尾这样的对话，常被评论者视为对少男、少女交往界限的隐喻和少男、少女纯洁性的维护，也不无道理。梅子涵的另一个作品《男子汉进行曲》④，则是男孩周别别对隔着条走廊的女同学俞

---

① 程远：《昨日的梦》，中国少年儿童出版社 1981 年版。
② 韩辉光：《叶绿》，《少年文艺》（上海）1985 年第 1 期。
③ 梅子涵：《双人茶座》，《少年世界》1989 年第 1 期。
④ 梅子涵：《男子汉进行曲》，《少年文艺》（上海）1987 年第 4 期。

欧娜的打量中的自由联想。作者聚焦考试前一刹那周别别的脑海，放大联想的可能空间，在周别别的"畅所欲言"中，表现其期待与失落之间的纠结心绪，以及男孩、女孩的微妙互动与较量。缘于男孩的心理，周别别所在意的，似乎恰恰是他谆谆告诫自己不用在意的。就像作者在小说发表时所附的"作者的话"中写的那样："我不知道自己算不算男子汉，社会在寻找男子汉，我也寻找我自己。但我至少知道作为一个男子汉并不在于外表的堂皇和粗壮，而在于应有的气质力度的具备。"在少年人的彷徨心绪后，小说最终落脚于一份男性的力量与明朗。《你的高地》[①]将男孩"你"放置在从考中学那一天开始的命运跌宕、转折里。以前仅仅当成一支练习曲的《苏格兰高地景色》，常不自觉地进入"你"飘飞的思绪。通过这种不经意和跳跃，音乐成了"你"身上的一种特质，与"你"作为小学毕业生在面对自己现实人生的俯仰、开合的沉痛、辗转的心态互为表里。这两篇小说均聚焦男孩的内心独白，从而让文字具有了男性主角和男性作者的气质和力度感。

　　丁阿虎在《今夜月儿明》[②]里的做法，是将一个初中二年级15岁少女的对异性的好感，延后到"收到大学录取通知书的今天"。其中可观的是，作者对少女对于异性的爱慕和喜爱的直白描述，这在当时也激起了很大的波澜。但是小说结尾，"我"迫不及待地去寻找"那个叫仰惠平的同桌"的步履，亦表明在此间的几年里，少女心中的爱情，并没有远离。这或许正逾越了作者一开始所设定的界限，"那时，也正是在那个通常被称为危险的年龄的时期，

---

① 梅子涵：《你的高地》，《当代少年》1987年第9期。
② 丁阿虎：《今夜月儿明》，《少年文艺》（上海）1984年第1期。

一位少年突然闯进了我心灵的大门……现在，回过头去想想，自己也不禁觉得好笑……我这么急着公布自己少女时代的日记，或许，也正是为了这一点"。而大学以后的故事，似乎蕴含了一个积极的预期，一切都会好的。对比这一代人大学毕业后90年代的生存境况，这种信心就会有点不足。《一个中学生的"砍山"记录》①，从男孩的角度呼应了少男少女交往史。"砍山"的形式、男孩的性格，释放了文中人物的叙述"潜能"。男、女中学生交往中的内心想法，表面上不那么"巧饰"地就被吐露出来了。在"我"对自我及成人的嘲讽间，"抵制"了"在帮助她的过程中，两个人互相有点那个了"的猜测，反而凸显了成人对男、女中学生交往的过度焦虑。很多表现成长中的性别角色的小说，作者的立场也像罗辰生在这篇小说中所做的一样，是偏向于少年主角的。《咖啡馆纪事》②并没有把男孩、女孩的交往完全推向未来，在洋溢的文字里，飘洒的是作者在附言里所说的"大大方方的风度"。在女孩毛兰的"我说"和男孩老丹的"他说"的对话、调侃里，"不伦不类，挺不正宗的……怪路子"的青春现实接连地纷呈纸上。

《我可不怕十三岁》③里，对待"我觉得大人们——从老师到家长，从邻居到偶然遇上的人——对我们实在是太不平等。不知怎么搞的，最近我心里头总有那么一种反叛的情绪，大人不许我问的问题，我偏要问；大人不让我知道的事，我偏要知道；大人不准我干的事，我偏要干"这

---

① 罗辰生：《一个中学生的"砍山"记录》，《少年文艺》（上海）1988年第5期。
② 梅子涵：《咖啡馆纪事》，《儿童文学》1990年第9期。
③ 刘心武：《我可不怕十三岁》，《东方少年》1984年第5期。

样的叛逆，在前文含蓄、模糊的形象表现之后，最后借吴校长"劝慰的声音"直白地点题，"要知道，十三岁的确是个可怕的年龄。孩子在这一岁里生理上、心里［理］上都发生着某种剧烈的震荡，我们一定不能简单化地去理解他们和对待他们，尤其要避免从政治、品德上给他们生硬地下结论，而应当学习一点少年心理学，准确地把握他们的心理状态，同时引导他们逐渐地认识自己和约束自己，像关心他们的生理卫生一样，帮助他们搞好心理卫生……"《长胡子的小姑娘》①里，吉洁小姑娘，因为任性地模仿父亲刮胡子而真的长出了代表着男性性征的胡子。作者告诫读者，"小孩子都很喜欢模仿别人的样子，他们年龄小，分不清什么好学，什么不好学，这就要靠我们家长去教育、引导，你们怎么能由着她胡来呢！……"在无节制的模仿和纵容中，吉洁的性征被无意间扭曲了，其实被扭曲的同样包括成人们在儿童人性面前的态度。就像梅子涵指出的："这是成年人的儿童观里连续的两页……欣赏、赞叹他们的天籁拥有是对他们的喜爱，告诉、带给他们缺少的东西更是对他们生命的尊重，是希望他们能够成长得被人尊重，让人的生命像人的生命。"②

在女作家程玮、陈丹燕、秦文君等人的笔下，青少年、儿童主角的情态中渗透着丰富、温婉的自觉女性意识。与同期的王安忆的《锦绣谷之恋》③、铁凝的《玫瑰门》④相比，这些少女小说少了时代政治大潮中的男、女性别对

---

① 诸志祥：《长胡子的小姑娘》，载黄修纪选编《倒过来讲的故事》，四川少年儿童出版社 1983 年版。

② 梅子涵：《讨论写作》，《文学报》2012 年 11 月 22 日第 7 版。

③ 王安忆：《锦绣谷之恋》，《钟山》1987 年第 1 期。

④ 铁凝：《玫瑰门》，作家出版社 1989 年版。

抗，少了历史缝隙中的血腥和阴暗，而更多了一份少女心理的悸动。

《我第一次掉泪》①将女生敏感的心理放在友谊的标杆下考验，第一次掉泪也意味着孩子第一次在成人情感领域里遨游，经历友谊的波折，又收获了友谊。《告别裔凡》②其实只是讲了男孩、女孩通过信件建立起来的友谊，甚至没有像《出门》③那样将少男、少女交往史"立此存照"，把少男、少女之间寻寻觅觅又躲躲藏藏的向往委以具象。小说不涉朦胧的爱慕，更多的只是男孩、女孩因信件而有的对对方的坦诚。《过河》④的结尾突破了前文含蓄的情愫，将贫苦中淡淡的温馨化为成长中的失落。山崽和细妹间互动的细节和心绪，刻画得颇为到位。

《在航道上》⑤里面，许晶晶同样是在彷徨，她已经不能像《芳芳和汤姆》中的芳芳那样"当机立断"了，她不知道如何去看待俞芳和董莉莉穿得时髦一点还有男朋友。李岚和俞浩坐在一起看电影，"第一次尝到她从小到现在，从未体会过的一种感情"，又如何面对鲁小平、张健看到这件事后，可能会"加油添酱的，叫人听了都脸红"。许晶晶的转变是在俞芳和她男朋友在燕子矶边救了董莉莉之后，因为"李岚说得对，俞芳确实是个好人，至于她穿得时髦一点，有男朋友，那是她的事，也没有什么不正当的"，而且已经"二十七了"，"干吗要把她跟董莉莉比"。李岚最初试图选择出国逃避，却难舍故土、父母亲、老

① 任玉奇：《我第一次掉泪》，《儿童文学》1981 年第 11 期。

② 秦文君：《告别裔凡》，《少年文艺》（上海）1987 年第 10 期。

③ 韦伶：《出门》，《少年文艺》（上海）1987 年第 10 期。

④ 崔晓勇：《过河》，《少年文艺》（上海）1989 年第 8 期。

⑤ 程玮：《在航道上》，载《未来》第 3 辑，江苏人民出版社 1982 年版。

师、同学，"有烦恼和苦闷，也有着理想和希望。她不能想象离开了这一切，自己怎么生活下去"。作者也通过李岚选择入团，将这种理念上升到了社会主义理念的高度，"在出国与不出国的选择中，她认识了自己的祖国，也认识了自己的使命和职责"。

孙建江认为："程玮这种有意识地将孩子世界与成人世界互相靠拢，这和我们许多儿童文学作品不一样……我们不应该在儿童面前，故意把自己装成一个什么也不懂的小孩子（指作家写儿童文学作品时的出发点——孙建江注），儿童文学作家应该帮助孩子们更好地向成人世界过渡，儿童（特别是少年这个层次的儿童——孙建江注）的思维日益活跃，他们渴望得到更高年龄和智育阶段上的审美体验……孩子世界与成人世界之间不应有绝对的断裂层，成人影响着孩子，孩子也制约着成人，他们之间应该有一种极必要的衔接，而这种衔接正是两代人延续的保证。正是因为这样的延续，才有了历史，才有了未来。"① 许晶晶所思考的，正是如何去看待并逐渐过渡到成人情感世界的问题。而这种对成人意识的有意借用，的确有助于塑造成长中的女性形象和意识，同时也伴随着程玮本人创作姿态的改变与成熟。在《少女的红发卡》② 里，少女尽管依然是悸动、敏感的，但是与《在航道上》中的许晶晶相比，不再那么怯弱，对男性的看法也更为成熟、冷静，比如刘莎发现唐伟只是因为叶叶的爸爸去了美国而与其接近后，"把自己心的角角落落检查了又检查，发现她已经

---

① 孙建江：《孩子世界与成人世界的融合——评〈永远的秘密〉中的审美意识》，载《儿童文学研究》第 22 辑，少年儿童出版社 1986 年版。

② 程玮：《少女的红发卡》，江苏少年儿童出版社 1991 年版。

找不到一丝一毫对他的感觉了"，处理得干脆利落。刘莎身上所具有的这种与男孩一样富有力量感的女性气质，是富有对抗性的女权主义意识在儿童文学中的化身，也是独生子女政策环境带来的社会现状的一种折射，具有《你的高地》、《男子汉进行曲》那样的明朗气质。

《上锁的抽屉》①为少女的情感走向"把脉"，也为家庭情感关系如何经受成长的考验思考。"从那时起，我还相信世界上没有比爸爸妈妈更爱我的人了。我还相信我是世界上最爱爸爸妈妈的，不过这种爱法有点古怪，不象小时候那样，把和他们亲热，把鸡毛蒜皮的事全告诉他们当成爱，而是埋在心里的感谢和同情，说也说不出的爱。"刘绪源认为，"成人们读这样的作品，可以体味到少女们青春的可爱和环绕这青春生活的现存的缺陷，从而懂得怎样去尊重和爱惜她们。如果离了她们，我们的生活无疑是会变得不够美好和很不完整的。孩子们读这样的作品，则可以理解自己的人生，对人生的美充满自信（而不是疑惧——刘绪源注），从而朝气勃勃地在突破那些不合理的限制，努力成长为健全的活泼泼的人"②。小说中人物最终的自省，某种程度上也来自于成人作者的反观，在作者的附言中我们可以发现引导新一代正确成长的意图。

在程玮的小说《傍晚时的雨》③中，夏丽因为年龄小，无法具备从成长后的视角反观的能力，这种能力在《上锁

---

①　陈丹燕：《上锁的抽屉》，《少年文艺》（江苏）1985 年第 8 期。
②　刘绪源：《陈丹燕作品引起的思考》，载《儿童文学研究》第 25 辑，少年儿童出版社 1987 年版。
③　程玮：《傍晚时的雨》，《东方少年》1984 年第 4 期。

的抽屉》的运思、写作中，也是某种程度上存在的，小说的主角其实也并不等同于作者本人的实际经历。夏丽一直在彷徨、迷惘："老师常说，一个人的品质是好是坏，往往可以通过一件小事看出来。夏丽看出来了，他不好。他的心不好！尽管他给夏丽买过好多东西，尽管他对夏丽家的人都很好。可他会笑眯眯地看着一只可爱的小鸡被蛇缠死，还会笑眯眯地喊'有劲'。"这就是儿童对于一个成年男性的观念和判断，"突然来了这么个不相干的人，突然跟姐姐好起来了。而自己，还得管他叫'哥哥'……姐姐不是高高兴兴走的。姐姐原本是应该高高兴兴走的，都是因为自己，夏丽使劲绞着自己的手，把它们绞得很疼很疼。好像这样心里可以舒服一点。唉，说到底，孩子和大人是不同的。孩子衡量人的标准和大人衡量人的标准也是不一样的，那么，哪一个标准对呢？这个问题谁也弄不明白"。因夏丽年龄阶段、理解能力的限制，也因为她敏感而较难转变的观念，小说竟最终还是无法脱离愁苦与怨尤的气氛。从夏丽的心理上来看，也包含了一个儿童在几个阶段中都会经历的情感"断奶"的过程。

和带有历史反思意识的成人女性主义作品一样，历史的纵深感在深具女性意识的儿童小说中，也并非绝迹的。秦文君、程玮初期作品中的女孩儿都是从乡村走向城市的，在四弟的去留之间，在姚小禾涅槃般的中学生活中，我们都能瞥见城乡文化对峙与抉择的历史足迹。而在贺晓彤的《新伙伴》中，一涉及贫困农村的教育问题，性别观念就开始发挥作用了。《墙基》[1]里，上海四九九弄里的一

---

[1]　王安忆：《墙基》，《钟山》1981 年第 4 期。

个糖果厂工人的小儿子阿年，"文革"中意外地读到了隔壁五〇一弄里某大学生物教授的小女儿独醒的日记，而懂得了"人对人，不能这么残酷的"道理。而四九九弄的人们庇护五〇一弄里的小女孩儿独醒的行为，似乎是一种善良的集体民族自觉。"直到半夜，五〇一弄一号才安静下来，阿年把独醒送回家。这件事，一点儿没有走漏出去。连阿年都十分惊异，原来四九九弄的居民们也会缄默。"作者在小说的空间里，表现了颇有鼓动性的政治话语，在最底层遭遇到的无言的反抗，也让我们看到了历史激流中普通人的最后一丝尊严和温暖。

《黑发》①里的何以佳到小说结束还在彷徨："我是英雄吗？英雄都是为了捍卫一个真理，而我捍卫什么？造作的头发？不值得，实在不值。我要捍卫一个值得的真理，中听的，真正有用的，得人心的，让人心甘情愿地去捍卫的。没人告诉我那究竟是什么。"尽管"我"依然迷茫于自己所要捍卫的真理，但是像赵老师想法中的"经过一场浩劫，好容易这一代人又可以像 50 年代一样幸福愉快地学习，为什么她们不要别人想要都没有的东西？在'文革'那些痛心的日子里，我心里常暗暗想有一天我有一点自由，就要保护她们，让学生过像我那时一样美好纯洁的中学生生活，这是我的信念"，"有一次国庆游行时候，怕剪得不齐影响我们学校的阵容，红英还给我用尺比着剪，大家在旁边笑成一团，太阳照在身上，真有股子自豪、自尊、自重"。这种"美好纯洁"的生活似乎是回不去了，我们似乎听到了"理想人格"的崩塌之声。何以佳的"拒

---

①　陈丹燕：《黑发》，《儿童文学》1987 年第 1 期。

绝"、反问，亦不仅是成长期少女的性格反叛那么简单。没有"那些痛心的日子里"的挫败与孤寂，就没有何以佳平静的拒绝。小说结尾的彷徨，似乎也是一种坚定。和《黑发》相比，方国荣的《第691种烟壳》① 则把"文革"磨难，悄然隐没在了人生成长中。十几年过去了，"我"并不清楚辛诚在"文革"中经历了怎样的磨难，也许他也并没有遭遇磨难。但是，在我临去香港之前，却看到了辛诚因为将邮票给了"我"而遭到父亲的打。所以，辛诚对于儿时痴爱的烟壳收藏热情不再，原因应该是多方面的。不仅来自于社会，而且有可能来自家庭，也有可能是由于自身成长而变得世俗，不再痴迷于这些爱好。所以，在时光的流逝中，有些心情似乎再也回不去了。

第二节　"理想"人物

文学人物尽管虚拟，但作为作者意愿，以及社会意识形态的表达，我们常能看到作者对笔下人物的期许、欣赏、无奈、鄙夷等错综复杂的情感态度。在理想主义之梦日渐高扬的20世纪80年代，儿童小说中的一些"理想"人物，也都在作者高昂的心境中，与社会理想"携手同行"。《班主任》② 中的张老师、石红，《谁是未来的中队长》③ 中的李铁锚，及更晚一些的《我要我的雕刻刀》④ 中

---

① 方国荣：《第691种烟壳》，《儿童文学》1984年第10期。
② 刘心武：《班主任》，《人民文学》1977年第11期。
③ 王安忆：《谁是未来的中队长》，《少年文艺》（上海）1979年第4期
④ 刘健屏：《我要我的雕刻刀》，《儿童文学》1983年第1期。

的章杰,《蓝军越过防线》① 中的张汉光,都可算是在当时曾引起社会反响的、富有力量感和改革气息的"理想"人物了。

与"硬性"的"理想"人物相比,《马老师喜欢的》② 中的马老师,可以说是另一比较温婉的类型了。小说结尾,班上的"每个人几乎都能说出一个马老师喜欢自己的故事来"。小说没有带入时代写作中"流行"的语态,寓浓烈于淡雅,用简约的对话和画面,勾勒了一个可以具有普泛的人道主义情感的马老师。也正是由于看似简约的情节、形象所可能具有的不分"阶级立场"的普泛的人道主义博爱倾向,让马老师不可能成为当时官方意识形态所首肯的"理想"人物。这篇小说也才有了作者自述的"被江苏省选送 1957—1979 年'全国第二次儿童文学评奖',经过严肃的初评、复评、终评,进入了得奖行列,可是最后在人民日报刊登出来的名单中,我的名字被另一个老作家的名字取代了。一件很严肃很神圣的事,最后在一个名字的突然消失和被取代上,显得很不严肃和神圣了"③ 的遭遇。就像孟繁华所说的:"奖励制度是鼓励文学艺术创作发展繁荣的重要机制之一……文学艺术的奖励制度具有明确的意识形态性,权力话语以隐蔽的方式与此发生联系,它毫不掩饰地表达着主流意识形态的意图和标准。"④ 例如,刘锡诚也记述他 1981 年参加中国作家协会委托《文艺报》举办的全国优秀中篇小说评奖"文艺报中篇小说奖

---

① 李建树:《蓝军越过防线》,《儿童文学》1984 年第 12 期。

② 梅子涵:《马老师喜欢的》,《少年文艺》(江苏) 1979 年第 5 期。

③ 梅子涵:《一个写作的故事》,载梅子涵《浪漫简历》,北京少年儿童出版社 2001 年版。

④ 孟繁华:《1978:激情岁月》,山东教育出版社 1998 年版,第 238—239 页。

（1977—1980）"评奖的经过："如果说读书会初选阶段还相对顺利的话，那么，后半段，则一直伴随着各种各样的矛盾和斗争。一种是认识和思想上的，一种是人事上和关系上的……评委会通过的获奖名单，尽管还要党组和书记处的批准，尽管那只是个手续问题，但有些问题作为党组和书记处就不能不再三斟酌。如《犯人李铜钟的故事》。进入一等奖没有争议，但排在第几名，却成了一个举棋不定的问题，最后放在一等第 4 名，理由是无法说得出口的。"①

《当小学教师的爸爸》② 里的"爸爸"也是一个"理想"型的教师，尽管是通过自己的儿子带有"嗔怪"色彩的口吻叙述出来的。"他，他根本就不管我！他只顾他的学生，给他学生补课，上早自习，上晚自习。他从来没给我补过课。连骨头汤都熬糊了。"在改作业时发现的一个学生"有一个概念怎么也不明白，明天又往下复习，他一步跟不上，会步步跟不上的"，就出门趁学生"现在还没有睡觉，给他讲一下"。来补课的有"校长介绍来的，有爸爸学校里的老师介绍来的，有教育局的领导介绍来的，还有的是爸爸小学、中学的老同学。平时，这些客人谁也不登门，兴许他们都把爸爸忘了，现在可好，一见面可热情了，有的叫老师长老师短的，有的叫老兄老弟的，那个亲热劲儿，好像是'生死与共'的患难之交"。在"理想"型的爸爸面前，是并不那么"理想"的社会现实，眼前功利驱动的世道人心在这一对比中都"现形"了。因为

---

① 刘锡诚：《在文坛边缘上——编辑手记》，河南大学出版社 2004 年版，第 573 页。

② 罗辰生：《当小学教师的爸爸》，《儿童时代》1984 年第 11 期。

要补课了，这些人可以尽情地"套近乎"，而平时在小力曾经是"走资派"的处长爸爸和小侠曾经是"臭老九"、被下放到农场劳动了好几年的工程师爸爸面前，我是连自称爸爸曾经是"臭老九"的资格都没有的。灰色、失落的结局，也让作者的"理想"人物书写带上了洞察人情冷暖之后的"讽喻"色彩。那些学生都考得很好，而"我"却落榜了。当"爸爸""一看到我哭红的两眼，顿时呆住了，他拿过成绩单，坐在桌边，双手撑着脑袋，久久没有说话"。这个"理想"的老师形象既崇高，在社会现实面前又似乎显得有点卑微。

就像旷新年所说的："'当代文学'认为只有理想的人性才是人性，而'新时期文学'则认为只有丑恶的人性才是人性。于是，'当代文学'以'审美'作为自己的目的，而'新时期文学'则是以'审丑'作为自己的使命。'新时期文学'认为'当代文学''高大全'的人性不是人性，只有非理性的本能欲望才是人性。"①《当小学教师的爸爸》里的"爸爸"这样卑微而无私的理想老师形象，似乎注定无法成为 80 年代之后文学场上关注的中心，在残酷的社会现实面前，作为理想人物的说服力也似乎不那么强，落寞而沮丧的结尾流露出的是忧伤和无奈。《空箱子》②里民办教师汤百年的生活，同样卑微、落魄。张之路一贯所熟稔的传奇小说手法，在《空箱子》里得到了很好的体现，这也才有了似乎最后化为蜜蜂的怪异、神奇的汤小年。同是教师题材，《题王许威武》③则更为轻松。许威武、宿小

①　旷新年：《"不屈不挠的博学"》，《读书》2004 年第 7 期。
②　张之路：《空箱子》，《东方少年》1989 年第 2 期。
③　张之路：《题王许威武》，《东方少年》1986 年第 8 期。

羽这一对师生，都是充满力量感的。在他们你来我往的
"较量"中，更为"理想"的形象"矗立"起来了。小说
的基调更为愉悦，情节的紧张度也没有破坏这种较为轻松
的阅读感受。

　　与其早期的短篇小说集《漫画上的渔翁》①　中的作品
相比，刘健屏的《我要我的雕刻刀》用师生间的尖锐矛
盾，直面"文革"留存下来的教育问题、心理问题，和
《谁是未来的中队长》中的李铁锚一样，小说中坚持要雕
刻刀的章杰，无疑是作者心目中的"理想"人物，而且在
性格上更倔强了。虽然顾宪谟在序言中说，"他专门分工
诊治灾难岁月给孩子们造成的'后遗症'"②，但是这个集
子里的很多小说，其实很难将主角男孩儿们的顽劣归到
"文革"直接影响上去，更多的是来自儿童心理的共性。
《痛苦的旅途》中的"我"，因为买了几张喜爱的火药纸带
在书包里，在看到火车站"严禁夹带易燃易爆等危险物品
上车"的横幅后，出于对横幅上的话的完全"信任"，一
路上焦虑无比，浮想自己被发现后的悲惨下场，最终在快
下车时，心理上实在承受不住了，将火药纸扔出了车窗
外，颇有几分荒诞的讽刺喜剧味道。与其说是对儿童读者
进行遵守规则的教育，还不如说是针对"规则"本身的一
次小范围"反叛"和嘲讽。

　　当时关于这篇《我要我的雕刻刀》的争论，没有跳脱
出《儿童文学选刊》上刊发的第一篇评论《当代少年的个

---

　　①　刘健屏：《漫画上的渔翁》，江苏人民出版社1981年版。
　　②　顾宪谟：《妙趣横生　别具一格——评刘健屏儿童小说集〈漫画上的渔翁〉》，
载刘健屏《漫画上的渔翁》，江苏人民出版社1981年版。

性是什么？——〈我要我的雕刻刀〉人物论》①的框架和论域。李楚城、达应麟、陈子君等的回应文章，都一定程度上纠结于唐代凌在《当代少年的个性是什么？——〈我要我的雕刻刀〉人物论》中提出的命题："方大同与章杰，您喜欢谁。"唐代凌在文中也走得挺远。"章杰正是这样一些当代少年中的一个……既称之为当代少年，就不应是超越时代的某种优秀品质的化身，也不应是共产主义未来一代的理想的造型"，"竟然"肯定章杰这些"当代少年"们"对政治活动的态度，对英雄主义的理解，对红与专的评价，对集体主义的看法，都与过去的少年儿童有所不同"，俨然将"当代少年"与"像方大同那样的带着 50 年代气息的人"对立起来，将"当代少年"形象与共产主义优秀品质对立起来，连"兼容"一下两者都不愿意，因此，我们也就可以理解当时这篇小说会成为众矢之的的原因了。

　　达应麟看清了这种"对立"，并将其上升到了"理论"高度。他认为，"从今天来说，无产阶级的、社会主义的道德规范，真善美与假恶丑的标准，与 50 年代是一脉相承的。但作品把这两个时期的道德观念割裂开来，对立起来，甚至以章杰身上反映出来的个人主义的东西去否定正确的集体主义精神，显然是不可取的"②。《儿童文学选刊》上就这篇小说展开的论争中，陈子君"总结性"长文③所做的努力，其实也就是"兼容"两者，肯定章杰形象积极意义的同时，提了一些需要"辨析"的"偏颇"，"划清

---

　　①　唐代凌：《当代少年的个性是什么？——〈我要我的雕刻刀〉人物论》，《儿童文学选刊》1983 年第 4 期。

　　②　达应麟：《章杰这个人物》，《儿童文学选刊》1984 年第 1 期。

　　③　陈子君：《谈〈我要我的雕刻刀〉的得与失》，《儿童文学选刊》1984 年第 2 期。

这些问题的是非界线"，不可取的是"章杰所表现出来的那种冷漠和无动于衷的态度"。

回看小说文本，人物所立足的基调还是对"文革"的反思，"我们当时的所作所为，连想都没想一想。为什么连想都没想一想呢？我们太虔诚，太听话了"。这份"虔诚"向前连接起章杰父亲的作文被"提醒"有问题，"竟写了他农村的外婆家如何饥饿，吃糠咽菜，家里的铁锅、铁床等都拿去'大炼钢铁'了，他的舅舅浑身浮肿，倒毙在村头"，向后连接起80年代"新的时代、新的生活，使他重新燃起了对生活的热情，他又开始对生活充满了信心"。小说作者将"文革"渊源溯于"大跃进"、"十七年"，将它们归结于同一社会发展脉络的努力，在李楚城、达应麟文中并未得到回应。陈子君则觉得，"这样的解释毕竟是不确切的。就我们个人来说，一般讲，恐怕主要的原因还是缺乏辨别是非的能力吧！难道我们真的都是明知不对也'绝对听话'的吗"，而且"我们这样大的国家，如果大家都'不听话'，那将成为一个什么样子呢？所以，'听话'是不能笼统地反对的"。这段话的逻辑是比较"丰富"的，既否认了"听话"这一举动强制性，又承认了"听话"的必须性，"错"只在于"听话"过程中民众自己缺乏"辨别是非的能力"，但是从小说中来看，似乎"听话"的强制性中，并不存在民众"辨别是非的能力"存在的空间。"当他顽皮的天性使他行为稍有出轨的时候，我就悄悄地警告他：'别忘了作文的教训！'他开始沉默了，不再欢笑雀跃了，对我也更是唯命是从、说一不二了。"这是一个让人"听话"的形象化规训过程。当"我"把自己"是个孤女，整天流落街头，是党把我拉扯大，把我培养成一个人民教师的"告诉给章杰，这种叙述话语就在"力量"上，强过了"他"在作文中的描写，这也意味着一种社会主义理想与规范在现实生活中的建立。

而《我要我的雕刻刀》对历史的重新叙述，显示的是立场的转移、社会主义理想的变化。在一些儿童小说中，可以清晰地看到新的充满改革激情的"理想"人物的出现。范锡林的《一个与众不同的学生》① 中的熊荣，是作者眼中也是小说中的范老师眼中富有进取精神的"理想"学生。不把自己当县委副书记的爸爸放在眼里，听到有人上家里来开后门，就拔掉人家的自行车气门芯，以示惩罚。熊荣最欣赏的是真才实学的老师，他也好问、上进，努力汲取各种知识。在作者眼里，这样的"理想"学生，应该是未来的希望所在。李建树的《蓝军越过防线》也对新时代中敢闯敢拼的改革者的形象赞不绝口，亦是呼应了这样的时代理想形象的想象。"谦谦君子固然为美，显示欲强烈的青年接班人更是时代所需要的"，作家们集体地走向了对另一种理想人格的呼唤。

庄之明的《新星女队一号》② 也是如此，只是结合了自身独特的见识，以及对女性的社会认识。作者回忆道："1981 年 4 月，我出差到西安，在和陕西团省委干部闲聊中，偶然听到西安有个女子足球队，队员都是中学生。当时，我对女孩子踢足球还抱有成见，总觉得'不妥'，至少是'不雅'。可是，当我和女子足球队员有了接触以后，我那守旧的传统观念改变了。这些女孩子非常不简单，她们敢于冲破旧传统观念的束缚、家长的阻力，不怕男同学

① 范锡林：《一个与众不同的学生》，《少年文艺》（上海）1984 年第 2 期。
② 庄之明：《新星女队一号》，《儿童文学》1981 年第 10 期。

的讥笑，主动组织球队，克服了人们难以想象的困难（比如踢球把脚趾甲踢掉了，弄得鲜血淋漓，几天就踢破一双鞋等），她们豪迈地说：'外国有的，中国也要有，外国女孩子能干的，我们也能干！'当时，我产生了一种创作冲动，决心要把开创我国女子足球运动的这些女孩子写到我的作品里去。同年5月，我回到北京以后，便开始寻找有关资料，从《新体育》等杂志上，我懂得了女子足球比赛的规则；从《大众医学》等杂志上，我知道女子踢球不但不会影响身体发育，而且有利于她们健康成长；从《体育报》、《足球》报上了解世界女子足球运动发展的趋势（如美国有一万多个女子足球队，不少国家成立了女子足球协会等——庄之明注），我才深深感到中国女子足球起步太晚了，自己的思想太保守了，因而，也更加佩服这些对自己要进行的事业充满了自信心的女孩子，从心里觉得她们真了不起！未来的国家女子足球队将从她们这一代诞生。"[1]"外国有的，中国也要有"的思路，正是20世纪80年代最具特色的思维方式之一。体育成了与西方接轨，接受更文明、现代的生活方式的一种途径，也是一个时代热情的表现，而汪盈正是时代热情的参与者。

周晓将《新星女队一号》与《勇气》放在一起谈论，认为"直至读到《儿童文学》去年第10期发表的《新星女队一号》，掩卷思索，两篇小说的主人公刘丽华和汪盈雯时联袂浮现在我的脑际：这不就是儿童小说作者努力塑造当代新型少年的艺术形象吗！……小说从少年生活的一个陌生的角落，从一个以至一群女少年身上，别开生面地

---

① 庄之明：《〈新星女队一号〉创作回顾》，载《儿童文学研究》第28辑，少年儿童出版社1988年版。

写出了从落后开始向前奋进的我们这个国家的活力；也可以说，汪盈的性格正是时代所赋予的"①。"当代新型少年的艺术形象"、"从落后开始向前奋进的我们这个国家的活力"，乃至"女排夺魁"，汪盈们在周晓的评论中，由表及里、由个别形象延伸至典型人物、由文学文本走向社会现实，最终呼应了"塑造少年儿童新人的形象"的呼吁。

"历史的主动性，她对生活有火一样的热情"，在刘健屏的《假如我是个男孩》②、彭懿的《女孩子城来了大盗贼》③中，表现作者理想中的独立与自立女孩儿形象。她们丢失嫉妒、去虞山山洞里探险这些更少体现女性意识的举动被大加赞扬和肯定。与此相似，陈传敏的《神秘的原始森林》④、董宏猷的《大江魂》⑤、陈丽的《少女与死神》⑥也都将教育的理想和希望放置在了荒野、大江、大山。

《神秘的原始森林》在其较长的篇幅里，详细地描绘了四个男孩去往"神林架"的路上和进入山区后所遇见的环境、名物和各自的个性，虽也是略带赞扬的口吻，但是已经没有了《钟声》、《金色的朝晖》里那样的黑体字作为理论支撑了，充其量也就是在小说结尾处通过龙龙口中的抱怨，"我们的老师老怕我们出事情，连到江里游泳、春游爬山，都管得我们严严的。要不是这样，我们才不会不

① 周晓：《努力塑造新的美的少年形象——评小说〈勇气〉、〈新星女队一号〉》，《人民日报》1982 年 6 月 2 日第 5 版。
② 刘健屏：《假如我是个男孩》，载刘健屏《我要我的雕刻刀》，中国少年儿童出版社 1987 年版。
③ 彭懿：《女孩子城来了大盗贼》，《少年文艺》（上海）1985 年第 3 期。
④ 陈传敏：《神秘的原始森林》，载《未来》第 1 辑，江苏人民出版社 1981 年版。
⑤ 董宏猷：《大江魂》，《儿童文学》1986 年第 3 期。
⑥ 陈丽：《少女与死神》，《儿童文学》1989 年第 6 期。

同学校、老师商量一下，就偷偷地自个儿跑出来探险呢"，让更生活化、更通俗的教育理想得到表达。龙龙、马小兔们迈进山区的"豪气"和探险中拍下野人的粪便、发现野人毛，一路上记笔记的机智行为，都是与董宏猷的《大江魂》这样的作品理念相通的，呼应了80年代漂流长江的时代激情。陈丽的《少女与死神》中的"满头白发的老汉"、"穿红衬衫的小伙子"都算得上是全身心护林的"理想"人物。但是陈丽从他们以及云梦、龙玲的非常丰沛的情感入手，去表现他们对黄河、山川，对身边的人的热烈感情。死亡在山洞里的守林的驼背老汉，让自己的生命在最后的时刻回归了自然，也让云梦转变了生死观念。在老汉、小伙子、"挥地质锤的达川"身上，读者可以看到，献身、融入自然成了他们在服务社会中找到自我生命意义的方式。所以，自然在这篇小说中的意义是多重的，既联系了对于国家的情感，又维系着自得的生活方式，同时也承载了少女敏感、美丽的感情。

《神秘的小岛》[①] 在"大雷"们与大海的搏击之中，让我们发现原来走向乡野的理想是与走向科学的理想如此紧密地结合在一起的。海鸥岛上的"海人"、"神秘洞"都逐渐被科学"祛魅"。"小龙已经十五岁了，不是个小孩子了，要让他经风雨，不能把他夹在翅膀底下"，这就是属于80年代的热情。这份热情在教育功利主义日渐盛行的当下也失落了。在教育和儿童被"过度关注"的情形下，生活实践的教育失落了。

从一个下乡过假期的城市学生眼中着眼的《鹰嘴

---

① 张岐：《神秘的小岛》，人民文学出版社1984年版。

崖》①，从文字到情节，都致力于在表哥身上融入高尚的人格，以塑造一个熟悉山里生活的完美的表哥形象。从这个意义上说，表哥对山里生活的熟稔，抓鹰、悬下山崖探鹰巢等在"我"这个城里人看来神奇而令人崇拜的举动，其实也是为了完成这个完美正面人物形象。小说的后半部分，作者设计了这样的情节：为了缓解隔壁老妈妈的哮喘，让表哥在大雪天上鹰嘴崖掏小鹰崽子，并把左脸颊擦去了一块寸把长的皮，脚上的袜子和皮肉冻成了一个整体。为了慢性病的食疗，而在大雪天在悬崖上冒生命危险、冒损坏身体器官的险。一方面作者对预想的人物"高度"过于强烈，另一方面和赖宁一样，也是 20 世纪 80 年代所提倡的一种社会道德标高。

张品成、彭江红的《两毛钱》②虽然写了"文革"岁月里的落魄和贫困，篇幅不长，但更像一个隽永的人性寓言。"我"并无坏心，只是错将空烟盒当成自己仅有的两毛钱，给了乞讨的盲女孩。卖汤圆的婆婆，没有对用烟盒买汤圆的盲女孩恶语相向，反而也给了去道歉的"我"一碗汤圆。所以，作者想要展现的应该是特殊历史时期具有人格高度的普通人相互温暖的群象。

第三节 校园生活与社会现实

周晓所赞扬的"儿童文学创作已经从社会生活的浅滩开始走向深处"的动向，也为更多理论家所看到。束沛德

---

① 李自由：《鹰嘴崖》，《儿童文学》1981 年第 3 期。
② 张品成、彭江红：《两毛钱》，《儿童文学》1987 年第 5 期。

在 1988 年回顾"文革"结束后的儿童文学创作时认为，
"为数不少的小读者，特别是少年读者，读了当前的作品，
总觉得不过瘾、不解渴，审美要求得不到满足，于是把兴
趣转向成人文学作品，这是一个值得深长思之的现象……
我们面临一个大变革的时代。现实生活是如此绚丽多彩而
纷繁复杂。我们的少年文学在表现生活的广度和深度上，
还远远落后于生活前进的步伐和少年读者的审美要求……
应当按照生活的本来面目，更好地把少年生活与成人生
活、社会生活联结、交叉起来描写，尽可能写得开阔一
些，丰富一些，复杂一些，深厚一些……当代少年一代的
心理状态、道德理念、审美意识、生活方式已经发生了深
刻的变化，而有些儿童文学作者对变革时代少年的思想、
感情、心理、愿望还缺乏真切的感受和透彻的理解，因而
在作品中就难以深刻地反映出当代少年的希望、追求、喜
悦和苦恼，道出他们的真实心声，引起强烈的共鸣"①。束
沛德所提到的更为开阔、丰富、复杂、深厚的社会面，在
一些儿童小说中主要表现为作者用小心、谨慎的方式，触
及了社会上的阴暗面或价值驳杂而难以一下子做出简单明
了的判断的问题，这恰恰也构成了儿童成长的现实社会
环境。

　　面对"这也叫有儿有媳妇的，真还不如我这啥也没有
的"孤苦老人，60 年代曾擅长写作乡村题材作品、写下了
以"小山子"为主角的系列短篇小说②的杨啸，在《君子

---

　　① 束沛德：《为少年写得更开阔、丰富些》，载潘旭澜、王锦园主编《十年文学潮
流》，复旦大学出版社 1988 年版。
　　② 杨啸：《小山子的故事》，中国少年儿童出版社 1964 年版。

兰开花》①中，让赵小兰母女用气度、实干与之较量。同一时期，杨啸还写下了呼应官方政策的《爷爷当选了副业队长》。某种程度上，《君子兰开花》中赡养老人及老人的医疗费问题的出现，也是因为官方政策的变化，而与集体经济、医疗制度的改革，与社会风气的变化息息相关。

《孤儿的心》②在尖锐的贫困、饥饿中走向的是最广阔的人道主义，"孤儿跟孤儿还不都是一样的吗"。在祭祀仪式上抢来的仅有的几块饽饽面前展开的是现实生活中真实的生死抉择。在阿嘎宝鲁德的哭闹和老奶奶最终饥饿而死之间，作者深刻而凛冽地写出了贫困极限面前人情的困顿。《哦，我的伊席次仁》③用忏悔突入了很敏感、复杂的民族情感关系内部。虽然在叙事面向上不同，但和梅子涵的《走在路上》④相比，因为伊席次仁的离开和去世，小说中的"我"甚至没有了道一次歉的机会。无论是隽永的题记"那遗失的珍宝我将从自己的悔恨之中找寻"，还是在自然而然的情节中，对民族关系内部渗透至儿童潜意识里的微妙情感、态度的表现，都给我们提供了一窥这一片广阔而浓烈的情感草原面貌的机会。尽管仍能很明显地看出"在特定历史文化语境中对'同一'的意识形态'言说'方式的认同"，但也一定程度地避免了席扬所说的"'民族色彩'的表面化"⑤。

---

① 杨啸：《君子兰开花》，《草原》1984 年第 6 期。

② 巴·格日勒图：《孤儿的心》，载张锦贻等编《中国少数民族儿童小说选》，海燕出版社 1990 年版。该篇作品笔者研判为 20 世纪 80 年代的作品，但无法找到原始出处。

③ 力格登：《哦，我的伊席次仁》，《儿童文学》1985 年第 10 期。

④ 梅子涵：《走在路上》，《少年文艺》（江苏）1984 年第 7 期。

⑤ 席扬：《关于中国当代文学史中"少数民族文学"的"历史叙述"问题》，《民族文学研究》2011 年第 2 期。

　　《小渡》① 里，情节是被拆散了打通在纷飞心绪里的。不愿被施舍的小渡，敏感地辨识着来自各方的好意。小说开始和结尾都是小渡"克制"住自己的喜悦和成就感，故意"显得随随便便，完全是漫不经心的样子"。而小说的正文又告诉我们，其实小渡经历了多少的委屈和不满。明明是写现实中"苦大仇深"的贫困遭遇，作者却化入了一贯的"轻松"笔法之中，让我们想起了王一川说的，"《平凡的世界》在有意识地传承经典现实主义精神、与西方浪漫主义成长模式自觉对话、无意识地吸纳现代主义式生存荒诞感等过程中，创造出中国社会改革年代的现实型自我镜像……这种晚熟现实主义早已不是我们想象中的那种经典的或'纯种'的现实主义了，而是在现代主义和后现代主义语境中自觉或不自觉地吸纳多种其他异质元素的开放的现实主义"②。在现代主义的文本"拼贴"中，小渡生活的拮据被内心化、艺术化、轻灵化了，展示了成长中少年的敏感内心和主体意识。

　　《"嗯哎"叫的孩子》③、《来自足球的惩罚》④ 里，家庭内部都有很激烈的教育理念的"斗争"。在单位"搞生产，为祖国实现四个现代化"忙碌的爸爸、妈妈是小说的背景人物，爸爸在外地工作常年不回家，妈妈在郊区工作每周回来一次，也促使领退休工资的奶奶走上了隔代教育的前台。"小蛋出生的那年，正巧她增加工资，又光荣退休，她认定这个最小的孙儿是个'福星'。"富裕后的奶奶

　　① 梅子涵：《小渡》，《少年文艺》（上海）1986 年第 6 期。
　　② 王一川：《中国晚熟现实主义的三元交融及其意义——读路遥的〈平凡的世界〉》，《文艺争鸣》2010 年第 12 期。
　　③ 李仁晓：《"嗯哎"叫的孩子》，新蕾出版社 1980 年版。
　　④ 鲍光满：《来自足球的惩罚》，《东方少年》1984 年第 11 期。

的态度，成为刘小蛋的行为一直无法得到正确认识和"矫正"的最大障碍。作者巧妙地将丢钱、遗失居民登记表两个事件，与刘小蛋喜爱吃生煎包、爱玩刮片，以及奶奶对妈妈的误会这两条线索缝合起来，也积蓄了促使奶奶彻底改变的足够力量。小说也难以避免"问题小说"的嫌疑。"这几年家庭经济条件越来越好了，儿子、媳妇每月挣那么多钱，还能不多吃点多用点，哪能叫孩子受屈"，涉及的是生活逐渐富足之后，大众的家庭消费问题、子女教育问题，等等。作为小说情节很重要的一个物件，"奢侈性"生活消费象征的生煎包，作者最终也提供了一个"辩证"的说法。"吃生煎包本身不一定是错误，既然卖就是让人吃的嘛。问题是怎样吃法。"

"爸爸"是全国颇有名气的作家，且不说工资多少，每月收到的稿费就可以买许多足球。"妈妈"是个舞蹈演员，她跳舞跳得极好，每月都有很高的奖金。"我"已经和"爸爸"提过几次了，他都拒绝了"我"，他根本不愿意让"我"到外面和"野孩子们"在一起。他使用的口吻，是毫无商量余地的。"我"和"爸爸"、"妈妈"摊牌谈判想买一个足球却先后失败，"爸爸确实给我买过很多玩具。信不信由你，他还从委托店给我买来两盘电子游戏的磁带哩。但是我都玩腻了"，"告诉你，我不愿意你出去玩，更不愿看着你和别人踢什么足球。你要老老实实在家里，想玩什么和我说"。在"妈妈"眼里，足球是"一项野蛮的运动。你应该学习舞蹈和游泳，有人指导，你很快就会练上去的。要知道，你继承了我身上最大的优点，腿长，匀称，骨骼发育良好，你的素质是百里挑一的……孩子，你如果不踢球，我每星期带你吃西餐"。"我"针锋相对，不为任何事动摇："你要让我踢球，我宁愿一辈子不吃西餐。"解决困境的办法是，为了存齐买足球的钱，"我"把家里泛滥成灾的杂志拿去废品店卖了，却意外地卖掉了"爸爸"的"命根子"——那摞登着爸爸作品的杂志。"我"找回、凑齐了这些杂志，也让父母醒悟了，"我还配当个什么作家？还自认是研究人、写人的人，连自己的孩子都不了解……"父母替"我"买回了那个"我"觊觎了很久的足球，桌上有一张纸条，写着："爸爸对不起你，到西餐馆来，我和妈妈要好好和你谈谈。"（《来自足球的惩罚》）同样，在家庭内部的代际冲突中，我们还是可以看到消费观念、价值理想在两代人之间的差异。

而少年们生活的学校，也成了"把少年生活与成人生活、社会生活联结"的结合点，在不同作者的笔下也以不同的面貌开阔、复杂、深厚起来。《小豆儿》①价值取向和情节线索都比较简明，在 1979 年 10 月第六次全国少先队工作会议恢复"把全体少年儿童组织起来"的"全童入队"方针②背景下，思考主人公"小豆儿"的入队问题。虽然，在小说中"入队"依然是一件久经考验的神圣的事情，但在这样的大趋势下，《小豆儿》的结局是喜剧性的，不像罗辰生的《白脖儿》，结尾还徒留了委屈在心头。这就给人以社会情势改变的强烈信号。

董宏猷《吸力》③里的李老师，虽然长得"像商店里摆着的布娃娃"，但却颇具能力与特色，和上文论及的张之路的《题王许威武》中的许威武老师一样，是一个作者

---

① 夏有志：《小豆儿》，北京出版社 1981 年版。
② 《"全童入队"大事记》，《辅导员》2008 年第 10 期。
③ 董宏猷：《吸力》，《儿童文学》1982 年第 5 期。

心目中充满时代气息的"理想"型老师，也为"慢班"的学生带来了成长环境的巨大改变。小说通过马平平的自述，将这个以往老师眼中的"差生"，对李老师的预期和预想不断被打破的意外感觉，恰如其分地表现出来。结尾"吸铁石"的意象，呼应了文题。只是，似乎达至了一个过于"理想化"的高度。《校园插曲》[①] 里，在作者心目中，当了一天校长的"我"和做出这样决定的饶校长，无疑都是新时代的人物了。整篇小说对全天里几个颇具戏剧性的情节的选择与安排，也切中了日常校园里所存在的痼疾。

《今年你七岁》[②] 因为篇幅更长，及作者有意识的自省意识，较为全面地表现了一年级生活的各个侧面。这种类似于日记体的"实录"式的长篇小说写作方式，可以恰如其分地展现成人眼中儿童身上的幽默、感人之处。比如用拼音第一次写保证书时的"兴奋"和"新鲜感"，"使本来带有沮丧、痛苦意味的事情，忽然变得充满趣味"。写完后，保证书又被老师抄在小黑板上，"声母用红颜色，韵母用黄颜色，我的名字用白颜色"，带领全班同学一个字一个字地拼，一个字一个字地念，和上语文课一模一样。这成了"你"眼中的好事情，神秘而又得意，在成人眼中看来却是"差一点没把饭喷出来"的吃惊和意外了。后来这种写作方式，在另一些作家的笔下继续得到使用，但在《今年你七岁》时还是具有首创性的。

王路遥的《王冠的秘密》[③] 制造连环的误会，直至最

① 韩辉光：《校园插曲》，《东方少年》1987 年第 2 期。
② 刘健屏：《今年你七岁》，中国少年儿童出版社 1989 年版。
③ 王路遥：《王冠的秘密》，湖南人民出版社 1981 年版。

终揭晓真相的手笔，在此时写校园侦探故事的儿童小说中并不鲜见，上文提及的张仕桢的《漩涡》也是运用了这种方法。《王冠的秘密》里的官员和《漩涡》里魏小奇的军官舅舅们一样，在对待子女教育问题上都是严格、正派的。只是金钱的诱惑，却在中学生高玉民身上开始显现了。生活优裕的他出人意料地"变卖"了自己的"王冠"——羊剪绒皮帽。在被家境优越的"高玉民"们爱理不理的面包店里，"涉嫌"抢了"王冠"的梁柱认识了海兰。梁柱和高玉民之间有着明显的"新的历史时期"中"阶级"趣味的差异。在海兰身上，更牵扯出了她与梁柱相似的境遇，她对何老师、对工宣队长梁师傅的仇恨。作者用人与人的谅解的方式，让徘徊在犯罪边缘、一直保护着梁柱不去犯罪的海兰，选择了与胡广林决裂。"文革"的"伤痕"也在忏悔中得到了谅解。《任大霖散文选》[1]中的《灯笼》，被陈伯吹在为该文集写的序中评价为"即使用小说的规矩来衡量，也是高分数的"。集子中的《猫的悲喜剧》、《那一段泥泞的路》这样略带感伤色彩的作品，亦是如此。生活的逻辑与文学的逻辑，经由作者的省思，在这些短小片什中贯通起来。

《孤独的时候》[2]中，哥哥犯罪给吴小舟带来的境遇是极端化的，以前一直同来同往的朋友疏远了自己，走进他的孤独生活的是班级里处于另一个极端的人物姜生福——一个对挂有许多红灯笼的成绩单、对有些同学给他的奚落好像无所谓的人。姜生福因为隔壁班的"混蛋"贬低吴小舟而出手打架。在吴小舟发现了哥哥的赃物，在犹豫

---

① 《任大霖散文选》，河南少年儿童出版社1984年版。
② 刘健屏：《孤独的时候》，《儿童文学》1984年第7期。

"是不是等爸爸妈妈下班回来后再说？如果送到派出所，哥哥又会怎么样呢"的时候，姜生福以少有的执拗，把吴小舟拽往派出所。当然在吴小舟成为"敢于同犯罪行为作斗争的先进少年"时，事情又恢复到了另一个极端，"不论在什么场合，他在叙述事情经过时，没有谈起自己的犹豫，他觉得没有必要，即使说有过犹豫，那也是内心的片刻的。至于姜生福，他也没提起，只是说他当时正在为一位同学补习功课，用这'一位同学'替代了。他觉得这样的事情不应该让姜生福牵进去"。这里写作的重点已经不在吴小舟和犯罪的哥哥的对比中了，而是吴小舟在成为"英雄"前后的自我表现和"表演"里的心理"温度"。

新的历史时期社会阶层的分野，亦渗透在了校园生活里。在张之路的《在长长的跑道上》①里是重点中学和普通中学的差异。凌小成万万没有想到，重点学校的同学不光学习好，运动成绩也是那么好。第一名、第二名不是"华大附"就是一中。只是偶尔在第三、第五名里听一声培新中学的名字。凌小成几乎要哭出来。他盼望许久的这一天没想到竟是这样度过的。

在《倒过来讲的故事》集子中的《校门口来了个"要饭的"》、《欢迎别人胜过自己》②里，现实的社会阶层问题，进入了儿童小说的视野。《罗小波的遭遇》③虽为单行本，但在问题的揭露上，似乎没有这几篇作品深刻。小说

---

① 张之路：《在长长的跑道上》，《儿童文学》1984 年第 3 期。
② 任大霖：《校门口来了个"要饭的"》，李心田：《欢迎别人胜过自己》，载黄修纪选编《倒过来讲的故事》，四川少年儿童出版社 1983 年版。
③ 陈模：《罗小波的遭遇》，人民文学出版社 1984 年版。

只是较浮泛地表现罗小波的父亲参与投机倒把，喜新厌旧地抛弃罗小波的母亲和家人。小说的重点其实是在成人爱情的忠贞与否之上。教师形象的刻画也不成功。用包含"说这个孩子是留级生，撬了家里的锁，偷了不少钱，跟着小偷流氓集团胡混"等子虚乌有罪名的电报，召回寻母路上的罗小波的班主任，在他回到北京后，也没有尽到职责，反而客观上起了将罗小波推向犯罪行为的作用。最终罗小波对班主任的谅解，也显得缺少铺垫。因此，小说后半部分情节在逻辑上有点勉强。

　　《欢迎别人胜过自己》里，学雷锋的共产主义道德和新的社会机制下凭本事吃饭产生了矛盾。徐冲认为"要饭的""说的怕不是真话。所有要饭的总是装得可怜巴巴的模样，好引起人家可怜他。我妈妈说，现在有的人就是不想待在农村，愿意到大城市来要饭，过不劳而获的寄生虫生活。这种人真讨厌"，"现在社会主义，人民公社办得很好，农民生活都好了，为什么偏偏这些要饭的还这么穷？我看就值得怀疑，至少是不爱劳动的懒汉！拆我们国家的台！"乔土根不同意徐冲的话，他觉得徐冲的话听上去句句"正确"，但不够实事求是。马路上那些要饭的，虽然可能有骗钱的懒汉，但其中也确有生活困难的人，统统把他们当"坏人"赶走，难道就对了吗？为什么不能同情、关心一下（《校门口来了个"要饭的"》）。徐冲的"站着说话不腰疼"，让我们看到"最高指示"虽然已经成为历史，但对权势的屈从依然广泛存在。城市成为对广大乡村而言的一种集体的"权势"，"徐冲"们的观点可以在竞争中，轻而易举地维护作为"城里人"的既得利益。

王路遥《更名记》①里的市委书记爸爸，严格要求自己和家人，是作者心中的"理想人物"。小说富有戏剧性的转变在"我"因救李蓝而暴露了真实身份之后。不仅医院，以及那位本来嘲弄"我"为"小老乡"的于飞沙，神色、态度都为之一变。更让"我"难以处理的是，李蓝因正直而对我的疏远和"我"自我内心态度的改变。《墨浓力劲的一笔》②中的曲浩元"快糊涂死了，不知道教导主任为什么要告诉他这些大人的事情，这跟谁的字好有什么关系？……明明他的字写得比尤露茜好，为什么老师们就像看不见一样，尽跟他讲别的事情呢？"事实出于曲浩元的经验之外，但是却在读者的阅读之内。"那一脸的问号和傻愣愣的样子，使得教导主任感到再也不能往下说了。他总不能说，尤露茜是协会副主席魏发颖的外孙女；他总不能说，'上头'刚有人来打过招呼；他总不能说，老师们都不同意，只是没有办法；因为事实上，从区比到县，从县比到地区，也只有尤露茜把握最大。"张微用心理叙述的方式，讲出了刘宾雁的《本报内部消息》③那样属于"不可说"的"事实"，堂而皇之地登载在了公开发行的期刊上，也没有引起批判。小说的结尾回到了家庭，当肉店营业员的父亲的斥责"晚上不准吃饭"，"豆大一样的人，就敢连老师的话都不听，将来到社会上哪个单位敢要你，让你饿几顿肚子就知道了"，实是出于生活的经验的"中肯"之语，听话、单位这些关键词富含了深广的社会、文化内容。作者设置的结局，曲浩元"只有一点心中十分清

①　王路遥：《更名记》，《北京文艺》1980 年第 10 期。
②　张微：《墨浓力劲的一笔》，《西湖》1986 年第 10 期。
③　刘宾雁：《本报内部消息》，《人民文学》1956 年第 6 期。

楚：说到天边，也是他的字写得比尤露茜好”，给人以积极的希望。就像金曾豪笔下的小巷里的木屐声，似乎也是作者设置的一种美好象征与期盼，让人看到还没有湮没在成长世故里的乡情、友情（《小巷木屐声》[1]）。

---

[1]　金曾豪：《小巷木屐声》，《少年文艺》（江苏）1983 年第 1 期。

第四章

"寻根"抑或"先锋"

第一节 叙述的变革

如果说，在成人文学里，人们抱怨当时写作的文学作品"看不懂"，是从阅读"朦胧诗"开始的话；那么在儿童文学中，人们替儿童抱怨儿童文学变得"看不懂"、太"深"了，则是从小说、童话中开始的。本书也将以小说的形式写成的、一般意义上被称为童话的作品纳入研究范围。《祭蛇》[①]、《今夜月儿明》[②] 等，这样涉及新的题材"禁区"的"出格"小说出现时，这样的担心和争论就开始了。争鸣主要集中在"早恋"的题材能否涉足、小说对这些题材的表现有没有过火等方面。

苏叔迁表达的是比较有代表性的反对意见，他认为，"主张写'朦胧的爱情'，归根结底就是写爱情的一种障眼法，也就是赞成早恋……还比不上 20 年代先进知识分子有远见（自'五四'运动以来，我国先进的知识分子就反对早恋、早婚、早育——苏叔迁注），实在是一种历史的

---

① 丁阿虎：《祭蛇》，《东方少年》1983 年第 1 期。
② 丁阿虎：《今夜月儿明》，《少年文艺》（上海）1984 年第 1 期。

倒退"①。"五四"启蒙作为 20 世纪 80 年代判断是非的正确性标杆之一而存在，苏叔迁就是希望用将初恋延伸向早婚、早育的方法，借由"五四"启蒙的力量，来批判小说对"朦胧的爱情"的描写。只是细细一想，在"五四"作家的笔下、生活中，这种年轻生命的爱情，似乎也很合"时宜"地存在着，并延续在左翼文学中，继续演绎着革命加爱情的文学模式、生活实践。

另外，从《儿童文学选刊》1984 年下半年开始到 1985 年编发的文章中，也可以看到很多赞同丁阿虎的写法的观点，有的读者还将他看作是心灵知己，感慨"阿虎同志，您到底是什么时候从我的心中盗走了我那时的经历"②。因为主办者、编选者有意引导的缘故，《儿童文学选刊》一直引领着 20 世纪 80 年代中国儿童文学潮流。方卫平认为，"周晓的名字，是与 80 年代初以来中国儿童文学事业的发展紧密联系在一起的。他以评论家和编辑家的双重身份，以 1981 年在任大霖先生倡议下创办和主持的《儿童文学选刊》为契机和平台，目光如炬，激情澎湃，坚韧执著，为'新时期'乃至世纪之交我国儿童文学的观念突破和艺术革新作出了不可替代的贡献"③。

翻检 80 年代的《儿童文学选刊》，可以明显地发现编选者们有意组织、引导各种面貌、思路的作品、言论并呈的痕迹，既不拒斥"保守"的观点，同样也是儿童文学"改革者"的豪言壮语集中呈现的地方。在《现代童话创

---

① 苏叔迁：《早恋，不宜提倡》，《儿童文学选刊》1984 年第 5 期。

② 《关于小说〈今夜月儿明〉的讨论·来信来稿综合摘编》，《儿童文学选刊》1985 年第 1 期。

③ 方卫平：《珍贵的"过客"——周晓与新时期儿童文学》，《文艺报》2011 年 11 月 30 日第 8 版。

作漫谈》中，我们看到革新童话创作的作家们"疾言厉色"的呼吁，"童话创作渐显出一种值得注视的变化潜潮。这一潜行的新潮预示：作家开始向童话的深层结构探索，力求扩大作品的内涵辐射面和读者辐射面，悄悄地试图实现向更高更新的艺术标杆的超越。令人振奋的是，这种对文学探险的渴求和尝试，已经形成一部分中青年童话作家的一种同频共振"；"絮絮叨叨的外婆式的童话已经无法、也不可能满足各层次的儿童读者群的渴求。于是热闹派童话应运而生"；"在大变革的时代背景下，它率先冲毁了曾在中国儿童文学之中衍生的道学气，带来了久违的游戏精神"①。就像杜卫所说的，"与其说当时的众多文学审美论是一种理论形态，还不如说它们是一种文学理想的表达，体现了对文学的感性价值、情感价值、生命价值和人道价值的热情追求和热切渴望，这是同文学创作领域里崇尚感性、情感、原始生命和人本主义的思潮相一致的，或者说就是这种思潮的理论表达"②，在这些激情洋溢的宣言式文字中，我们可以感觉到他们胸中的文学理想。这也正是南帆所谓的 20 世纪 80 年代所具有的"解放的叙事"的力量，人们"将锋芒共同指向了 50 年代以来形成的文学规训。这显明了一个多义的 80 年代，又显明了一个单质的 80 年代……解放的叙事驱使各种话语聚合成一个结构，协同抗拒传统观念的强大压力。'解放思想'的号召产生了全方位的效应，文学首当其冲。解放的叙事不仅解

---

① 先后引自金逸铭《童话，悄悄的实现超越》、彭懿《"火山"爆发之后的思索》、班马《童话潮一瞥》，均见《现代童话创作漫谈（一）》，《儿童文学选刊》1986年第 5 期。

② 杜卫：《走出审美城：新时期文学审美论的批判性解读》，东方出版社 1999 年版，第 74 页。

释了 80 年代的生机勃勃，而且解释了粗糙——由于解放的渴求如此迫切，摧枯拉朽意愿远远超过了精雕细琢的耐心"①。

这种粗糙与理想力量并存的大趋势，也形成了影响儿童文学潮流的巨大力量，连被称为"走在金光大道上"，"文革"中以"八个样板戏一个作家"的那"一个作家"面貌出现的浩然，在作品集《勇敢的草原》落款于 1980 年 9 月 12 日的后记中也真诚地写道："随着文化科学的发展，少年儿童的眼界开阔了，对文学作品阅读的胃口提高了，再不是任何'花花绿绿'的玩艺儿都能够引起他们欢喜的眼光、'粗茶淡饭'即可让他们'狼吞虎咽'的时期。他们要按照自己独特的心意去选择，一般化的东西决不肯接受。他们的这个权利谁都不能剥夺，也剥夺不了！因此，目前摆在儿童文学作家面前的头等迫切任务，除了多写，就是把创作的艺术质量提高一步，跟上读者变化了的欣赏水平。我现在拿出来的三个中篇，明显的全不符合标准；尽管在这次修改的时候，作了些努力，但在艺术质量方面仍然很粗劣。说心里话，我不敢满足现状，亦不想'敝帚自珍'，因为我怕失去小读者。十分可惜，在目前，只有请求小读者们原谅，我实在不能把这三个东西修理得变个模样了，等我的健康恢复到力能从心之时，一定多写点新作品，尤其在艺术技巧方面花点苦功夫；我起码想做到：当把作品捧献给后代的时候，自己不致于觉得羞臊。"② 这个集子中的三篇小说——《枣花姑娘历险记》、《勇敢的草原》、《长城的子孙》，确实无论是人民公社的

① 南帆：《八十年代：话语场域与叙事的转换》，《文学评论》2011 年第 2 期。
② 浩然：《后记》，载浩然《勇敢的草原》，黑龙江人民出版社 1981 年版。

环境设置，还是为读者所"熟悉"的情节设计，都显示了较为直白的共产主义品德教育的意图。但是，浩然的《后记》，却让我们看到了这位"熟悉"的"主旋律"作家，不为人熟悉的另一面。

当《古堡》①、《白色的塔》②、《鱼幻》③、《蓝鸟》④ 等小说，及关于这些小说的争论出现时，因应"读者变化了的欣赏水平"，作者、研究者们也开始更费心思地"掂量"小说内容及叙述的变化，用唐代凌的话来说，正是"涉及儿童小说的题材和技巧两个方面"⑤。

冰波的《窗下的树皮小屋》⑥、《毒蜘蛛之死》⑦、《如血的红斑》⑧ 都入选了江西少年儿童出版社"新潮儿童文学丛书"《探索作品集》⑨。入选该丛书尤其是这本选集的作品，可谓当时比较公认的在文学内容、形式等方面，做出了各自探索努力的儿童文学先锋作品了。冰波的上述几个作品的情感烈度，因作者对死亡和新生、对自然和灵魂的表现而得到加强。而带有人文抒情色彩的文字节奏，以及富有色彩感、画面感的情节，组成了那一时空下的先锋儿童文学意义。与《窗下的树皮小屋》相比，《毒蜘蛛之死》、《如血的红斑》愈益走向死寂的气氛，从而更加凸显了创作者对先锋性的探索。张之路、葛冰合作的《灰

---

① 曹文轩：《古堡》，《少年文艺》（江苏）1985 年第 1 期。

② 程玮：《白色的塔》，《当代少年》1985 年第 4 期。

③ 班马：《鱼幻》，《当代少年》1986 年第 8 期。

④ 梅子涵：《蓝鸟》，《东方少年》1986 年第 12 期。

⑤ 《交流·切磋·探索——全国儿童文学创作座谈会发言选录（上）》，《儿童文学选刊》1986 年第 1 期。

⑥ 冰波：《窗下的树皮小屋》，《儿童时代》1984 年第 8 期。

⑦ 冰波：《毒蜘蛛之死》，《当代少年》1987 年第 7 期。

⑧ 冰波：《如血的红斑》，《儿童文学》1987 年第 11 期。

⑨ 金逸铭编：《探索作品集》，江西少年儿童出版社 1989 年版。

灰和花斑皇后》①，也具有这种当时能称得上"新意"的灰暗。"过度解读"地来看的话，这种彻底的冷寂和失望，是时代给予很多人的一种受愚弄的感觉，在很多"伤痕"文学乃至《夹边沟记事》②这样的纪实作品中也存在。

周锐童话的先锋性在80年代表现为，在其将情节推演至一个个极点的过程中演绎和描摹人性，"归谬"出各色思想不为人熟知的角落。扣子老三寻寻觅觅后最终的无法回归（《扣子老三》），《生日点播》里对父亲生日日期匠心独运的错置，发现低处台下的日子的魅力（《365个生日和364个节日》），都是具有隽永、温润的人生意味的。《秃画眉和哑画眉》不约而同相互地秘而不宣；《宋街》让一味拟古的思维方式现出了局限、荒谬之处；经过训练后熟练无比的表情，让人无法猜测表情背后的真正内心（《表情广播操》）；蚊子的珍稀与应该被消灭之辩（《当蚊子成了珍稀动物》）；为了无可指责的刷牙的好习惯，而饿死了自己（《一把牙刷逼死一个人》）③。在这些作品中，人性的阴暗和荒谬，并没有被完全回避。周锐的先锋性还体现为将儿童文学一般所具有的对儿童读者的正面引导，自然地化入了对作品结尾的有效把握之中，不刻意追求亮色，也没有故意营造阴森，比如《一塌糊涂专栏》④

① 路玉（张之路）、葛冰：《灰灰和花斑皇后》，《儿童文学》1981年第2期。
② 杨显惠：《夹边沟记事》，花城出版社2008年版。
③ 周锐：《扣子老三》、《生日点播》、《365个生日和364个节日》、《秃画眉和哑画眉》、《宋街》、《表情广播操》、《当蚊子成了珍稀动物》、《一把牙刷逼死一个人》，载周锐《扣子老三》，湖南少年儿童出版社1988年版。
④ 周锐：《一塌糊涂专栏》，《童话报》1985年第5期。

里的一个个转折就显现出了恰到好处的温暖。《挤呀挤》①
用绵延的技术"幻想",乐观地面对和化解公交车上令人
怎么也无法产生愉悦之感的拥挤状况。《九重天》②亦以善
财童子的天真、执着,化解了重神仙也只是叹息而没有行
动去改变的各层天的神仙之间的纷扰。《森林手记》③里,
作者对人类社会的失望,积累于人、兽的犀利对比中,最
后化为对森林的三声虎啸,蕴藉于含混之中,而没有点破
蕴意。周锐用这种给自己一个难题去解答的写作方式,显
示了作者灵巧编织故事的功力。到了80年代末的《特别
通行证》④时,周锐已有后来写作长篇畅销、戏仿童话的
样子了。各个社会场景,因可可手中的特别通行证的"烛
照"而"现形"。在老教授的儿童心理学课上,周锐给可
可设计了一个让老教授猜自己心里想法的情节,不可谓不
难为这位教授。心理学的学理研究也不等同于猜测对方心
理活动,但是作者借此揶揄了大学里的"这个'论'那个
'派'",和《特别通行证》中的其他篇章一样,宣扬和
褒奖了童年的大无畏精神。

　　面对1986年之后"教育手段"、"欣赏和娱悦"功能、
"票房价值"几者缠绕在一起的日益商业化的中国儿童文
学现状,面对"童话在市场上的遭遇比小说要好得多"的
现实,陈子君在"'90上海儿童文学研讨会"上回应认
为,要更好地适应儿童特点,贴近生活,反映少年儿童的
切身问题,在不脱离生活的前提下更富于想象和幻想,甄

---

① 周锐:《挤呀挤》,《少年文艺》(江苏)1986年第7期。
② 周锐:《九重天》,《少年文艺》(上海)1986年第11期。
③ 周锐:《森林手记》,《儿童文学》1988年第7期。
④ 周锐:《特别通行证》,少年儿童出版社1989年版。

别童话的"民族性"和"逻辑性"①。这是此次会议上，对商业化语境下儿童文学教育性的实现形式，做出较为深入、中肯回应的文章之一，其选择议题的敏锐性、思考方式的冷静，在今天探讨儿童文学作品里的商业意识形态表现时仍值得借鉴。

《胖子学校》② 在简短的篇幅里，将肥胖的缺点从容地编织进三个小胖子的学校经历里，而且恰到好处地着力在肥胖史的回顾，以及鼓励肥胖守则的情节演绎上。《"五大行星开发公司"总经理》③、《"砍协"秘书长》④ 里的叙述方式和人物形象，颇有点相声这样的通俗文艺形式的某些特点。性格平面化的人物，不断被作者调侃，人物的遭遇也被逐渐荒诞化。《普来维梯彻公司》⑤ 从其调侃的话语形式，到中学生做家教的事实，再到文中提到的社会现象，都是十分"新潮"的。作者将几个家庭的生活现状，活灵活现地状写出来。中学生主角们所看不顺眼的，正是家长们所不能自视的缺陷。在模糊、远去的背影和结尾中，存留的是辞去家教教师工作的中学生，对某种封闭的教育方式的拒绝和一份作为人的自醒。

《"太集"活动兴衰记》⑥、《从黄金星球上来的客人》⑦、《全球智慧继承人》⑧ 等，亦是如此。在这几个作品

---

① 陈子君：《儿童文学迫切需要增强自身的吸引力》，载《眼中有孩子　心中有未来——'90 上海儿童文学研讨会论文集》，少年儿童出版社 1991 年版。

② 杨楠：《胖子学校》，《儿童时代》1981 年第 11 期。

③ 孙幼忱：《"五大行星开发公司"总经理》，《东方少年》1985 年第 12 期。

④ 张之路：《"砍协"秘书长》，《当代少年》1987 年第 11、12 期。

⑤ 夏有志：《普来维梯彻公司》，《少年文艺》（江苏）1988 年第 11 期。

⑥ 任哥舒：《"太集"活动兴衰记》，《少年文艺》（上海）1986 年第 8 期。

⑦ 倪树根：《从黄金星球上来的客人》，载《童话》第 11 辑，新蕾出版社 1985 年版。

⑧ 彭懿：《全球智慧继承人》，《少年文艺》（上海）1985 年第 7 期。

中，年龄差异很大的几位作者，不约而同地将人类的某些习惯和贪婪习性，用类似科幻的写法加以讽刺和归谬。这里，儿童文学已经不再仅仅局限于正面道德品质的图解和宣扬。这些作品延续了当时《勇敢理发店》①、《女孩子城里来了大盗贼》② 这些新作的异域感，而从更长远来看，甚至是继承了像严文井的《唐小西在"下一次开船港"》③ 里闹钟小人、灰老鼠等形象设计里的人性洞烛与揶揄，及关于时间的隐喻。

　　从这个意义上来说，包蕾的《克雷博士和熊的传说汇编》④ 在 80 年代初的先锋性与局限性也同时体现在这里。包蕾将多种文本形式，比如论文、新闻报道，化入自己的叙事。既契合所要表现的与科学研究相关的传奇故事，也给予读者阅读上的新奇感。这在当时的儿童文学叙事中，可称得上是崭新的。但是，读完全文，又会发现我们所熟悉的文学作品的明确旨归，在这篇作品中又现身了。

　　《那一丝奇怪的微笑》⑤ 也充满了这种类科幻手法营造的奇幻气氛。周基亭用小亚罕的良知，最终驱散了对集体人性洞视中看到的那一丝灰暗；彭懿则让女孩子们最终改正了嫉妒的习惯（《女孩子城里来了大盗贼》）。朱效文的《"菲菲九"魔幻剂》⑥、《蓝烟飘来……》⑦ 等，后来衍化成为系列短篇童话集《培克博士的奇迹》⑧。这个系列的作

①　周锐：《勇敢理发店》，《少年文艺》（上海）1983 年第 11 期。
②　彭懿：《女孩子城里来了大盗贼》，《少年文艺》（上海）1985 年第 3 期。
③　严文井：《唐小西在"下一次开船港"》，《收获》1957 年第 1 期。
④　包蕾：《克雷博士和熊的传说汇编》，《小溪流》1980 年第 1 期。
⑤　周基亭：《那一丝奇怪的微笑》，《少年文艺》（上海）1986 年第 11 期。
⑥　朱效文：《"菲菲九"魔幻剂》，《儿童文学》1987 年第 3 期。
⑦　朱效文：《蓝烟飘来……》，《儿童文学》1988 年第 1 期。
⑧　朱效文：《培克博士的奇迹》，少年儿童出版社 1991 年版。

品，特别关注技术发明中的伦理关系。因篇幅的缘故，和上述的一些短篇作品相比，有更多机会表现科学技术和人性的多侧面面貌。能在睡梦中见到自己一年以后的模样的技术先进的魔幻剂，给使用者的生活带来的竟是意想不到的麻烦。作品中的很多新发明，都经历了这样的现实考验。虽然，大猩猩培克博士最终还是制服了心怀叵测的助手，但是从事科学研究的专业人士的人性特点和人际关系也折射在读者的眼前。这似乎也是科学技术哲学应该考虑的一个重要方面。《怪老头儿》①单行本出版前，也曾单篇连载②，让怪老头儿初试身手。但两位主角的个性特点，以及富有戏剧张力的生活情节设计，已经显露在这一"亮相"之中。情节的推衍，幽默而细密。

常新港的短篇小说中，入选《探索作品集》的《沼泽地上的那棵橡树——北方少年传闻之三》③是比较"虚化"的。他的另一个短篇《十五岁那年冬天的历史》④用平凡人的生活嘲讽宏大历史叙事，也颇有解构历史的意味。这一切到了长篇《青春的荒草地》⑤里，则变得更为中和、圆润了。在这部长篇中，作者从容地将心灵幻想意象和少年的现实成长铺排开来，少却了短篇中的过分极端，多了一些叙述上的平实、节制。带有意识流色彩的象征性心理描写的插入，再加上作者所企图营造的神秘色彩、情节巧合，和作者早期短篇作品中的那一点陌生的神秘相比，当

---

① 孙幼军：《怪老头儿》，湖北少年儿童出版社1991年版。
② 孙幼军：《怪老头儿》，《当代少年》1987年第6期。
③ 常新港：《沼泽地上的那棵橡树——北方少年传闻之三》，《少年文艺》（上海）1986年第2期。
④ 常新港：《十五岁那年冬天的历史》，《东方少年》1986年第12期。
⑤ 常新港：《青春的荒草地》，新蕾出版社1989年版。

然来得更庞杂、宏大了。程玮的《少女的红发卡》① 中，无论是宗教意象、《致爱丽丝》的曲子，还是人物间的心灵感应，都和《白色的塔》中的塔、《树洞里的校长室》② 里的树洞，具有相同的象征功能，只是由于篇幅的变化，有机会变得更繁复了。《一百个中国孩子的梦》③ 里的"梦"，有的是对现实中受到的压抑的反抗和恐惧，比如被逼背唐诗、练琴、被体罚、生离死别、情绪上的恐慌失落等，大部分则是现实中诱发的情感、感官需求的延伸和满足。因是对儿童思维的模拟和借用，文中很多的逻辑、情节上的转折与跳跃，似乎也不需要许多铺垫，便感染了当时先锋儿童小说创作中所流行的强力"抒情"之风。

　　儿童小说变革中的"蓝鸟"和"古堡"，也成为研究者眼中体现这一代作家集体性的创作身影和内在动因的象征。萧萍认为，"对于压抑与积累已久的第四代作家而言，80年代是一个合适的理想的爆发口，他们燃烧的才情使传统的儿童文学获得了明亮的活力与推动力，他们是一群寻找'古堡'的孩子，尽管山顶一片废墟，但他们'是这个世界上第一个知道山顶上没有古堡的人！'这是经历了文革创伤的第四代作家群体的心声；不仅如此，他们以《蓝鸟》中'我'的勇气和决心不断尝试与超越，显示了这一代作家强大的实力与后劲，也正是他们将儿童文学在新时期演绎得多姿多彩"④。在萧萍看来，《古堡》、《蓝鸟》中的少年们，就如同"经历了文革创伤的第四代作家群体"

①　程玮：《少女的红发卡》，江苏少年儿童出版社1991年版。
②　沈振明：《树洞里的校长室》，《东方少年》1987年第8期。
③　董宏猷：《一百个中国孩子的梦》，江西少年儿童出版社1989年版。
④　萧萍：《九十年代前期少年小说的发展与变化》，《儿童文学研究》1996年第1期。

自身的一个投射。正是抱有这样的精神姿态，80年代儿童小说的先锋探索才会那么执着、那么义无反顾。

梅子涵的《蓝鸟》入选了《探索作品集》，曹文轩入选《探索作品集》的是《第十一根布条》。萧萍将《古堡》和《蓝鸟》放置在一起作为一个时代儿童文学作家的象征，是看到了这两篇作品对于未知的神秘之物的共同向往，以及共有的身体力行的探索精神。"以《蓝鸟》中'我'的勇气和决心不断尝试与超越"，更成了萧萍眼中，对80年代文学革新者们的整体描述。《蓝鸟》对主角自我主体意识的表现，在《走在路上》里也得到了很明显的再现。《第十一根布条》则体现出了曹文轩面对苦难、死亡及人生的很多状态时，一贯的"悲悯"情怀。这在《山羊不吃天堂草》、《草房子》、《青铜葵花》等代表性长篇中也都能明显地看到。而且在对苦难和死亡的表现上，常见抒情性的渲染笔法，这或许也是实践其"塑造未来民族性格"的倡议①的行动之一。这种写法其实某种程度上，是对这批作家青春成长时期遍布于整个社会的社会主义现实主义文学手法的借用和内部超越，这是某种意义上的当时的先锋性，常新港的《独船》，也是如此。到了上文提及的《沼泽地上的那棵橡树——北方少年传闻之三》、《十五岁那年冬天的历史》时，常新港已经从这一起点"出走"，走向了《蓝鸟》、《我们没有表》②那样的从叙述形式到内在理念整体性的自我解构，显示出了文学先锋性变动不居的特点。

吴秀明指出："从政治的角度研究80年代以来的文学

---

① 曹文轩：《觉醒、嬗变、困惑：儿童文学》，载曹文轩《中国八十年代文学现象研究》，北京大学出版社1988年版。

② 梅子涵：《我们没有表》，《儿童文学》1990年第4期。

当然也可以，如反封建、反官僚、反现代迷信、反西方文化殖民主义等等，这无疑属于文学现代性的重要内容。但文学现代性本身比这要宽广得多，丰富得多，它实际上包括了从文学语言、艺术形式、表现手法到作品思想内容、审美情趣等不同于传统文学的全面深刻的变化，涉及的范围是很广的。"① 无论是政治现代性，还是文学现代性，在80 年代儿童小说先锋作家笔下，都在被积极地思考，尽管当时并不是在这样的名义下进行，而是在讨论现代派、讨论人性、讨论人道主义等议题。

包蕾的《假如我是武松》②，明里暗里解构的是武松打虎的传统。上文所述的郑渊洁的《鼠王偷时间》③、《马王登基》④、《猴王变形》⑤，无一不是以另一种立场讲述的政治寓言。邱勋的《雪国梦》⑥ 对日常生活的尊重和体察，在窥破现实政治荒谬之处的同时，宣示了在老百姓生活中渐占上风的另一种政治生活逻辑。梅子涵的《黑色的秋天》⑦、《我们没有表》，用与慷慨激昂的"串联"活动节奏相反的"反观"语调去叙述"文革"。越是对领袖语录、革命话语的挪用、互文——"革命不是请客吃饭不是做文章不是绘画绣花不能那样雅致那样从容不迫文质彬彬那样温良恭俭让革命是暴动是一个阶级推翻一个阶级的暴烈的行动，乘火车就得像李大头那样喊一声冲啊然后死命地不

---

① 吴秀明：《转型时期的中国当代文学思潮》，浙江大学出版社 2004 年版，第 12 页。
② 包蕾：《假如我是武松》，载《榕树文学丛刊》第 5 辑，福建人民出版社 1983年版。
③ 郑渊洁：《鼠王偷时间》，新蕾出版社 1986 年版。
④ 郑渊洁：《马王登基》，湖南少年儿童出版社 1992 年版。
⑤ 郑渊洁：《猴王变形》，湖南少年儿童出版社 1992 年版。
⑥ 邱勋：《雪国梦》，人民文学出版社 1989 年版。
⑦ 梅子涵：《黑色的秋天》，《少年文艺》（上海）1989 年第 2 期。

顾一切地否则就可能火车开了你还在站台上",就越嘲讽和解体了这种语言的历史合理性和现实性,让我们看到陈晓明所说的"对主体与历史感构成的强有力的解构,以及对巨型寓言(或伟大叙事)的损毁","转向讲述历史故事的先锋小说",也"并没有恢复主体和历史的权威地位"[①]的迹象了。班马的《六年级大逃亡》[②]在语言的"迷魂阵"中,终于让读者明白"我"试图尽力掩饰的真相。显然,最终伫立的也不是伟大叙事,而是恢复了的"我"卑微的个体尊严。

如同80年代被陈思和称为"我们繁荣和发展社会主义文艺的指导方针"[③]、发表70周年纪念活动中也被定调为"第一次科学、系统地阐述了党的文艺主张和文艺思想……马克思主义中国化一篇彪炳史册的光辉文献"[④]的毛泽东1942年5月的《在延安文艺座谈会上的讲话》所说的那样,"普及工作和提高工作是不能截然分开的。不但一部分优秀的作品现在也有普及的可能,而且广大群众的文化水平也是在不断地提高着。普及工作若是永远停止在一个水平上,一月两月三月,一年两年三年,总是一样的货色,一样的'小放牛',一样的'人、手、口、刀、牛、羊',那末,教育者和被教育者岂不都是半斤八两?这种普及工作还有什么意义呢?人民要求普及,跟着也就

---

① 陈晓明:《历史的误置:关于中国后现代文化及其理论研究的再思考》,《文艺争鸣》1997年第4期。

② 班马:《六年级大逃亡》,《少年文艺》(上海)1990年第6期。

③ 陈思和:《毛泽东文艺思想是党的集体智慧的结晶——纪念〈在延安文艺座谈会上的讲话〉发表四十周年》,《复旦学报》(社会科学版)1982年第3期。

④ 李长春:《在新的历史条件下继承和弘扬〈讲话〉精神 奋力开拓中国特色社会主义文化发展道路——在纪念毛泽东同志〈在延安文艺座谈会上的讲话〉发表70周年座谈会上的讲话》,《人民日报》2012年5月24日第3版。

要求提高，要求逐年逐月地提高……所以，我们的提高，是在普及基础上的提高；我们的普及，是在提高指导下的普及"①。也如同 80 年代"三个崛起"文章中，孙绍振所说的："在当艺术革新潮流开始的时候，传统、群众和革新者往往有一个互相磨擦甚至互相折磨的阶段。"② 儿童文学观念、形式、内容的"提高"、"革新"，也同样有一个与"普遍"的儿童阅读能力、"传统"的儿童阅读习惯，以及与成人对儿童阅读能力和习惯的"普遍"、"传统"认识相磨合的过程。在这个过程中，先锋作家扮演了"提高"儿童阅读能力的激进推动者角色。

怎样在"普及"与"提高"之间找到一个现实均衡点，常常成为各方意见交锋之处。陈伯吹在当时就"骨鲠在喉，以一吐为快"，认为，"虽然岗位的本职工作是属于儿童读物和与儿童文学的编辑和作者，可是在人手一卷的可喜的情况中，出现了所读的绝大多数是成人的文学图书报刊。决不能说这些书刊不能读，而且应该说要多读，多多益善；但是由于所做的工作的关系，是不是也应该多读些儿童的图书报刊？把它安排作为阅读的重点之一，加强在这方面的学习，在时间、精力上，书报的数量上，要不要来一个合理的有比例的分配？……同志们都意气风发地提出了'突破（原有水平）'的问题，对小说、童话、儿童诗、儿童剧等创作，热烈地要求有新的优秀作品。这当然是个好兆头。遗憾的是在'突破'中出现着'成人化'的倾向，儿童小说濒临成人小说的边缘，有'成人的儿童

---

① 毛泽东：《在延安文艺座谈会上的讲话》，载《毛泽东选集》第 3 卷，人民出版社 1953 年版。

② 孙绍振：《新的美学原则在崛起》，《诗刊》1981 年第 3 期。

文学',或者是'写儿童的成人文学'的趋势,这是不是也值得及早提出来的问题?也许在实际上还不至于此,那么,防患于未然,总比临渴而掘井为好"①。袁丽娟、刘崇善也都表达了和陈伯吹相似的观点:"这篇小说(《白色的塔》——笔者注)在小读者中间引起的反响也不是特别大。作为一种尝试,有新意,很可贵,但去提倡它,则没有必要"②,"作品并不能都变成游戏,无论任何时候,童话作者决不应该忘记'肩上……担起某种神圣的使命'。这和'道学气'是两回事"③。樊发稼也"善意"地提醒艺术上"求索"的作家们,不要忘了生活经验的积累:"生活和技巧,这是一个问题的两个方面,不能互相代替。我们看到,有的在过去曾经写过不少佳作的作家,今天却写不出有重大影响的作品,究其原因,主要是由于他们对今天的儿童生活,特别是今天儿童的精神世界、思想感情缺乏了解、不够熟悉。因此,对他们来说,深入生活、了解新时期儿童,具有更实际的意义。而比较年轻的一些作家,由于他们多数置身于生活之中,对新一代儿童相对来说比较熟悉、比较了解,因此,对他们来说,也许更重要的是要在艺术技巧上多下功夫。生活不等于艺术,比较丰富的生活积累不能代替艺术上的探讨和求索。"④

郑开慧的看法是比较开明的,认为,"什么是儿童小说的特点?历来都这么说:主题要明白,人物要简单,情

① 陈伯吹:《论儿童读物与儿童文学》,载《儿童文学研究》第 19 辑,少年儿童出版社 1985 年版。

② 《交流·切磋·探索——全国儿童文学创作座谈会发言选录(上)》,《儿童文学选刊》1986 年第 1 期。

③ 刘崇善:《热闹派童话及其他》,《儿童文学选刊》1986 年第 6 期。

④ 樊发稼:《儿童文学正在走向繁荣》,《人民日报》1981 年 6 月 3 日第 5 版。

节要单纯，故事性要强，心理描写要少，语言要浅显，等等，等等。但是现在我却似乎越来越感到有点困惑起来。这一些，就一般规律而言无疑是不错的，但显然又并不尽然。况且儿童文学读者对象从幼儿一直到十五六岁的少年，差别本来就是极大的，难以一概而论"，"梅子涵的《走在路上》同他一年前发表的《课堂》可谓姊妹篇，不求故事，甚至说不上有什么情节，但是却能让人一口气读到底。那些看似十分细小、甚至琐碎的生活小事，从以往的儿童文学理论来看，这似乎是极为忌讳的，而且可以援引的成功的例子也确实不多。我在这里不想对意识流妄发议论，但这篇小说却确实是靠着一条儿童感情和意识的流动的线索串成的"①。吴其南认为，"在新时期初期，《儿童文学》和其他刊物一样，一般都在一元化意识形态的视角内操作，随社会思潮本身的变化而变化。但80年代以后，就逐渐变得较为独立和主动了。像《脏话收购站》、《新星女队一号》、《蓝军越过防线》、《黑发》、《咖啡馆纪事》等，都是反映某种新的文学思潮，走在文学发展前列的有代表性的作品。即使是那些明显脱离传统，不一定符合多数读者的阅读习惯，甚至不一定成熟，但确在进行某种艺术探索的作品，《儿童文学》有时也能予以鼓励，至少是在宽容的意义上让它们与读者见面。如梅子涵的《我们没有表》，恐怕是一篇许多有相当文化的成年人也未必能一下子都看懂的作品，更不用说对其内容和艺术表现表示赞同了。但《儿童文学》登了。后来，上海的《儿童文学选刊》也选了，反应也不错。儿童文学都写成《我们没有

---

① 郑开慧：《创新，才有文学的生命——漫评今年短篇儿童小说创作》，载《儿童文学研究》第21辑，少年儿童出版社1987年版。

表》那样恐怕是不行的。但有少量存在，甚至有意识地组织少量这样的作品，有什么不可以呢？中学生中有少量'文学少年'，其欣赏能力是不在许多有相当文化的成年人之下的。他们有权利要求获得只属于他们的文学世界。这种开放、宽容的选稿原则即使对活跃刊物也非常必要"①。陈伯吹所提到的"成人化"倾向，很大程度上也是袁丽娟、刘崇善所提到的儿童文学形式革新问题。由于引入了非现实主义的手法，所以超出了一部分成人对儿童阅读能力和习惯的"普遍"、"传统"认识。当然也有郑开慧、吴其南这样比较认同这种形式探索的。作为儿童小说得以发表、出版的相关方，编辑的看法和观点，也影响了80年代儿童小说的先锋探索。作者需要与编辑者合作，才能将文学理想一点点变成为文学事实。前文中那些豪壮的宣言，也只有经过写作、编辑、出版等流程，才能落实到作品之中。将编辑们的不同观点放在一起考察，可以较好地看到80年代儿童小说的发展语境。

另外，在儿童小说先锋探索的过程中，西方成人文学、儿童文学给读者尤其是儿童文学作家们造成的思想的冲击，确是实实在在的，下一节将对这一问题详加论述，这里仅举一例，也可以看出在西方文学资源影响下，中国儿童文学作家"不由自主"、"自然而然"的文学创新过程。夏有志后来回忆："当我一开始爱上文学以后，我对技巧的痴迷，远远甚过内容，我的好多小说是先有激动人心的构思，哎哟，拿什么往里搁呢？包括给《儿童文学》的第一篇小说《大风降温》，那你看不出来吗？就是欧·亨利

---

① 吴其南：《〈儿童文学〉印象》，《儿童文学研究》1996年第1期。

的痕迹。"①《大风降温》刊发于《儿童文学》丛刊"儿童文学创作学习会小说专号"②。专号上的作品，均是参加中国少年儿童出版社《儿童文学》编辑部、文学读物编辑部和《中国少年报》在 1978 年 12 月联合举办的儿童文学创作学习会的青年作者们在会前后创作的，包括《鲁鲁和弟弟的遭遇》（郑开慧）、《失去欢乐的孩子》（孙丹薇）、《弯弯的小河》（程远）、《逮猴儿》（浩岭）、《捋槐花》（铁凝）等作品。夏有志所说的《大风降温》的"欧·亨利的痕迹"，主要是指结尾处师生之间相互关心、为对方糊窗户的巧合。

和社会主义现实主义小说的阅读习惯相比，像夏有志提到的欧·亨利小说这样具有不同程度的彷徨、冷寂、阴暗、朦胧色彩的另一种陌生的叙述腔调，在先锋儿童小说中开始逐渐浮现，其中的一些被称为或自称为"现代派"。贺桂梅认为："'现代派'被作为一种进化论意义上的'新'文学资源被发现和译介，它的表现手法相对于主流现实主义的'新·奇·怪'，对追逐文艺创新的文坛形成了强烈的诱惑力；但另一方面，它的意识形态上的异己性，尤其是其表现内容上的'颓废'色彩，又成为 80 年代官方话语和知识界的理想主义均难于消化的内容，事实上也构成了争议之所在。"③先锋儿童小说作者们喜欢打破小说的一般叙事特点，化入散文的灵动、跳跃，尽管可以看到作者布局的意图。虽然对针对儿童小说很多陈规抱有

---

① 夏有志、孙玉虎：《夏有志回来了》，《文艺报》2012 年 2 月 3 日第 5 版。
② 《儿童文学》丛刊 9，中国少年儿童出版社 1979 年版。
③ 贺桂梅：《后/冷战情境中的现代主义文化政治——西方"现代派"和 80 年代中国文学》，《上海文学》2007 年第 4 期。

质疑，但是先锋儿童文学的探索者们，也并不是完全不顾及儿童的实际阅读感受，就像洪子诚所描述的那样“保持‘适度’”，“开放、变革、创新、崛起、超越、反叛……当然是那个文学‘新时期’的主要取向，墨守成规会为多数作家、读者所不屑。但是反过来，过于激烈的那种‘情人式’的言行，也难以被许多人接受，即使是具有先锋特征的思想、艺术群落。‘意识流’的叙述需要有理性内核的支撑。‘现代派’总是不够‘现代’而被戏称为‘伪现代派’。暧昧不明的人物性格仍会恪守一定的道德界限。‘肉’（欲望）的揭示不再不被允许，但迟早会纳入‘灵’（政治、人生理念）的规范。悲观主义的‘危险性’因为通过反抗而减弱，不致坠入‘深渊’。‘片面’需要有‘深刻’作为其合理性的保证。有‘无尽的动荡不安混沌不堪’，但之后又会‘挣扎出来’并‘升华到一片明亮质朴的庄严’。一代人的疲惫、焦虑的面容，因受到召唤而激奋，而神采发亮……这种保持‘适度’的思想、精神依据，恰如桑塔格所指出的，是人文主义、人道主义的那种‘意识形态火焰’”[①]。“宁歌看到他的脸越来越近，赶紧闭上眼睛，嘴唇边却碰上了一个温暖的东西。整个世界就剩下了呼吸声，站不住了。”陈丹燕的《女中学生之死》[②]中，类似于这样的少女对“白马王子”的印象，最明显地体现了80年代青少年小说形式、内容跋涉中对“适度”的探索——在灵与肉的界限上游走。

---

① 洪子诚：《“幸存者”的证言——“我的阅读史”之〈鼠疫〉》，《南方文坛》2008年第4期。

② 陈丹燕：《女中学生之死》，《中国作家》1987年第1期。

　　这种两极的调和在儿童文学中，就像张之路所说的，
"如果说，二十年前浪漫主义的光环是在你死我活的战场
上为人民和战友洒下热血，在艰苦遥远的边疆锻炼意志的
少年主人公头上的话。那么今天，浪漫主义的精神则更多
地体现在普普通通的生活，普普通通的人的身上"①。朱自
强也认为，"最近有人撰文提出了'心态小说'的概念可
以说是准确地抓住了当代成人小说的一个重要特质。少年
小说当然也要表现少年的心态。近几年的少年小说创作越
来越重视心理描写，正是基于当代少年主观感知更加丰富
的现实"②。欧·亨利小说里的巧合常具有的现实人生的荒
诞、悲凉，被《大风降温》里感恩的温情所取代。少年的
心迹，因为人物主角及预设读者年龄阶段的限制，实际上
也总是被作者们巧妙地划定在一个并不那么颓废、激烈的
范围之内。哪怕是《月光下的荒野》③、《黄月亮》④、《渴
望》⑤ 这样闪烁着生死离别、"心态"叙述蔓延在整个篇幅
里的新潮作品，也没有太背离温暖、美好、积极乐观这样
一些关于儿童文学普遍预设，也总是用至少是含糊的希望
来收束与结尾。

第二节　传奇与"奇观"之间

　　上文在谈到社会现实与"理想"人物想象时，曾提到

---

①　张之路：《从苏联儿童文学谈起》，《当代电影》1988 年第 4 期。

②　朱自强：《论少年小说与少年性心理》，《当代文艺思潮》1986 年第 4 期。

③　金逸铭：《月光下的荒野》，《当代少年》1986 年第 5 期。

④　董宏猷：《黄月亮》，载金逸铭编《探索作品集》，江西少年儿童出版社 1989 年版。

⑤　董宏猷：《渴望》，载金逸铭编《探索作品集》，江西少年儿童出版社 1989 年版。

过的陈传敏的《神秘的原始森林》①、董宏猷的《大江魂》②、刘健屏的《假如我是个男孩》③ 这样一些作品。从题材的角度来看的话，这些作品涉及了当代儿童文学史上关于儿童文学题材范围的讨论。陈子君回忆道："在 50 年代中期，不少人曾经对儿童文学有过一些误解，以为儿童文学只能以儿童的学校和家庭生活为题材。因此那时的儿童文学作品，较多的是一些写学校和家庭生活的作品。针对这一情况，当时曾提出过'扩大儿童文学的主题和题材范围'的口号，要求儿童文学充分地描写儿童的社会生活，成年人的生活，和整个国家社会生活，以避免有意无意地把儿童的视界限制在狭小的所谓'儿童圈子'内，妨碍儿童身心的健全成长。毫无疑问，当时这种要求是符合我们党和国家培养无产阶级革命事业接班人的教育宗旨的，也是符合儿童文学的创作规律的。但是，任何真理被强调了极端，就会走向反面，成为荒谬绝伦的东西。在 50 年［代］后期，直接描写儿童生活的作品就逐步少起来了。特别是林彪、'四人帮'横行时期，在学校教育上，片面强调所谓'开门办学'，让学生走出校门参加'三大革命运动'，而忽视'以学为主'。同时，把儿童文学为政治服务狭隘地解释为仅仅是为党的中心工作服务，为当前的政策和政治运动服务，因此，要求儿童文学也要写当前的重大政治斗争，写斗'走资派'。而学校和家庭生活却

---

① 陈传敏：《神秘的原始森林》，载《未来》第 1 辑，江苏人民出版社 1981 年版。
② 董宏猷：《大江魂》，《儿童文学》1986 年第 3 期。
③ 刘健屏：《假如我是个男孩》，载刘健屏《我要我的雕刻刀》，中国少年儿童出版社 1987 年版。

反过来成了儿童文学的禁区。"①

　　"文革"结束后，从题材上走向乡野的作家们，正是有意要从"当前的重大政治斗争"出走，从"学校和家庭"的范围出走，从迎合政治运动的"开门办学"具体形式出走，这种取向本身也是另一个方向的"政治"和现实诉求。程远的《昨日的梦》②中情节连缀的短篇小说，就是将她在《我梦、我写》的前言中所对比的"文革"乡村中的"丑恶的现象"与"生活中许多真正的美的东西"，并置于女孩的心灵感觉里，造成一种兼具凄美、贫苦、卑微、纯真感觉的文字味道。农村基层干部支书在作者笔下俨然成了淳朴乡风的截然对立面。

　　和《神秘的原始森林》、《鹰嘴崖》③、《神秘的小岛》④等诸多上文论及的小说都渴望用科学明确地把握自然不同，有许多作家的儿童小说走向了对乡村乡风的怀想，走向了不可名状的神秘。"与'改变乡村'者完全相反，他们在现代性问题上的思维理念是守望，他们对乡村既有现实和文化持肯定和留恋式叙述"，而且某种程度上"对现代文明于乡村的改变持明确的拒绝和批评姿态"⑤。

　　例如，铁凝的《捋槐花》⑥，尽管整体结构意图是化入新、旧社会的对比以及"文革"后现代化新长征的新形势，但作者对女孩子们抢槐花的情状的描述，对"我"的

　　① 陈子君：《试谈关于儿童文学特点的几个问题》，载《儿童文学研究》第5辑，少年儿童出版社1980年版。

　　② 程远：《昨日的梦》，中国少年儿童出版社1981年版。

　　③ 李自由：《鹰嘴崖》，《儿童文学》1981年第3期。

　　④ 张岐：《神秘的小岛》，人民文学出版社1984年版。

　　⑤ 贺仲明：《论中国乡土小说的现代性困境》，《南京大学学报》（哲学·人文科学·社会科学）2008年第5期。

　　⑥ 铁凝：《捋槐花》，载《儿童文学》丛刊9，中国少年儿童出版社1979年版。

普通话与当地口音之间对比、调侃，让一份自然的乡土风情跃然纸上。袁丽娟的《清凉的九曲溪》① 小说集中的作品，大都是对乡村淳朴、美好的印象的怀想，抒发的是对《洗衣石，叫我怎能忘记你》这样对路不拾遗的乡村风景的不能忘怀。《暑假十天》② 从回牧村的城里小孙子眼里看到了存留在生活里的民族传统。物理课上的防雷击原理，原来与牧民将铜壶和镶银马鞍盖在褥子之下躲避雷击的传统相吻合。而阿克尔们量毡房的数据，想计算出这个"圆锥体"的面积，在叶斯博尔的母亲看来是多此一举，"一顶毡房需要一块托温勒克和两块玉则克，村里哪个牧人不知道，还用你们去量？"倒是量毡房时碰翻了奶皮子、绊倒了三脚支架吊壶里的茶更让人恼怒。曾小春在 80 年代末发表《丑姆妈，丑姆妈》里，还是极力渲染小镇上这对母子的善良、淳朴，男孩瓦片的纯真品质，在他后来的作品中尽管得到了继承，但可以看到作者逐渐开始在愈益渗透入生活的商业逻辑中，思考人际关系、城乡关系。《六个矮儿子》③ 集中体现的是民间文学对幼儿文学的影响。这种倾向在作者沈百英民国时期主编的商务印书馆版"幼童文库"、"小学生文库"等中亦有体现。

　　80 年代结束时，孙津认为："新时期的文学寻根意识，却有着它特定的时代背景和现实含义。看一下提出寻根问题的作家便不难发现，他们都是年青［轻］人，而且几乎'文革'时期都在农村或农场呆过。中国农村的现实状况和精神意识（主要是其落后的方面——孙津注），使这些

---

① 袁丽娟：《清凉的九曲溪》，少年儿童出版社 1984 年版。
② 夏莫斯·库马尔：《暑假十天》，《新疆民族文学》1983 年第 2 期。
③ 沈百英：《六个矮儿子》，《小朋友》1987 年第 8 期。

作家感到中国文学的广阔对象和深厚源泉同本世纪先进文明之间的差距；而中国农村在这些作家落难迷惘的时候对他们的宽怀收留和默默奉献，又使他们感到自己生活经历中最值得依恋的某种人情味。正是这种痛惜落后愚昧又倍觉亲切淳朴的矛盾心理，才使这些青年作家们感到新时期文学必须在反思自身特定的历史和社会文化的基础上，才可能以坚定的步伐跨入世界文学的行列。这种在整个世界意识下对特定历史和社会文化的反思，便被作家们用文学的语言当作一种寻根要求提了出来。因此，这种寻根参照系所指向的世界性是十分明显的，而'寻根文学'在形式特征方面向西方现代主义文学的学习也就是必然的了。由此看来，寻根当然不是寻古，寻根意识也决不可能是价值选择上对传统的认同，而是把以新的价值参照系审视传统得来的新的文学观点作为新时期文学的某种形式特征。在此，新的文学观念和新的文学形式其实是统一的。"① 如果说《洗衣石，叫我怎能忘记你》、《暑假十天》对传统的回望还只是如"汪曾祺"、"邓友梅"们的风俗小说一样是对这些曾经被视为"四旧"的东西的眷恋、怀想的话，那么，到了《四弟的绿庄园》②、《无词的摇篮曲》③ 中，在现代文明和全球化视野下，对二元对立中的传统文化进行打量则显得精心设计，而且也似乎呼应了乌热尔图和李陀《创作通信》④、韩少功的《文学的根》⑤、郑万隆的《我的

---

① 孙津：《新时期文学的世界性》，载乐黛云、王宁主编《西方文艺思潮与二十世纪中国文学》，中国社会科学出版社 1990 年版。
② 秦文君：《四弟的绿庄园》，《少年文艺》（上海）1988 年第 11 期。
③ 察森敖拉：《无词的摇篮曲》，《青海湖》1986 年第 11 期。
④ 乌热尔图、李陀：《创作通信》，《人民文学》1984 年第 3 期。
⑤ 韩少功：《文学的根》，《作家》1985 年第 4 期。

根》①等相继发表之后，成人文学中汹涌的寻根潮流。

《四弟的绿庄园》里的"四弟"乃至"爸爸"都在城乡之间寻找自己的心灵庇护所。那个乡间的绿庄园，对四弟来说，是一个实现自身价值，达至心灵满足，"如鱼得水"的所在。秦文君用四弟写文白夹杂、充满了书面用语的信的场景结束小说，既呼应了四弟在祖父那里时寄来的同样文白夹杂、古朴简短的信，在开放的结尾中，又暗示了古汉语与绿庄园、与家乡土地的某种关联，用居中调停的方式解决四弟身在城市而心在土地的矛盾。草原上无词的摇篮曲悠长的曲调"没法教，你自个儿慢慢听着学吧"，"歌儿唱在嘴上……嗯，意思在心里头"（《无词的摇篮曲》）。但是，老白牦乳牛会迎着歌声走过来。影响老白牦乳牛的命运的家庭矛盾，在草原上的"包产到户"分牛过程中积累起来。额吉、巴达玛记得的是老白牦乳牛代替难产死去的母亲，用奶汁救活了襁褓中的巴达玛。额吉、德尔吉爷爷一代人的苍老与力不从心，象征着草原传统的一种失落，幸而能看见传统的目光未曾断绝，学会了摇篮曲的巴达玛成了他们最好的倾诉对象。而老白牦乳牛的被杀、新的经济条件下家庭矛盾的积累，也似乎寓意着情感在商业实利面前的无力。"巴达玛突然觉得：朝这边走来的，不是老额吉，而是老白牦乳牛。她和它，太相像了：重负压弯的腰、掉了牙的嘴巴、干瘪的乳头、艰难的步态……那白色的形象，一会儿是额吉，一会儿是老白牦乳牛……"在宽屏幕似的远景中，在巴达玛耳畔响起的悠长曲调里，独留许多怀乡的怅惘。《嵌着戒指的烟杆》②结尾

---

① 郑万隆：《我的根》，《上海文学》1985年第5期。
② 李再春：《嵌着戒指的烟杆》，《山花》1985年第12期。

古朴的划拳场景中让人动容的"熟稔"的心理温度，来自穿透岁月、生死后的淳朴亲情、友情。作者用苗家人的一杆嵌着戒指的烟杆，串联起"寡崽和后父"之间的代际传承。

班马的《鱼幻》①、《野蛮的风》②、《迷失在深夏古镇中》③ 等"新潮"小说，尽管在评论者眼中，"在《迷失在深夏古镇中》，那迷宫般的古镇、古园整个就是具象化的中国历史、文化；在《鱼幻》中，少年沿黄浦江自下而上一步步走向江南腹地，其实也是溯历史之河而上，一步步走向历史、文化、生命的源始处"④，这都没有错，但是班马在无意识间其实走得更远，可以明显地看出作者在学习西方现代主义文学技巧的基础上，去寻找民族自我意识表达的可能。就像贺桂梅所说的："全球性语境又促成一种探询作为历史主体的民族自我意识及其表达的可能性。"⑤

尽管"那一天，你竟会逆着这条黄浦江，驶向你从没去注意过的那另一头去"，但是很重要的是起航的码头上，"出了吴淞口，就到了长江口，出了长江口，就到了海洋了"，"你一眼就识出了那蓝底白十字的挪威旗"（《鱼幻》）。正是熟稔现代文明的少年的眼光，逐渐"发现"了"回乡"的水路上种种陌生而神奇的景观。无论是水底

① 班马：《鱼幻》，《当代少年》1986 年第 8 期。
② 班马：《野蛮的风》，《少年文艺》（江苏）1987 年第 9 期。
③ 班马：《迷失在深夏古镇中》，载韦伶、班马《那个夜迷失在深夏古镇中》，重庆出版社 1990 年版。
④ 吴其南：《漂泊少年心——班马小说的文化意蕴》，《温州师范学院学报》（哲学社会科学版）1993 年第 2 期。
⑤ 贺桂梅：《后/冷战情境中的现代主义文化政治——西方"现代派"和 80 年代中国文学》，《上海文学》2007 年第 4 期。

的古城，还是乌黑的大鱼，都是作者有意幻化的"装置"，既得自于少年接受的现代教育，又无法完全被现代知识所掌控。《野蛮的风》里，班马所渲染的是台风、大海、叔叔在房间里留下的男人味、对抗台风的高科技的力量感，以反衬风暴自然消失后男孩心头怅然若失之感。刘绪源、周晓波的论争①，围绕着科学现代性与审美现代性的纠葛。周晓波认为，"一个受过教育的少年不去想想飓风将会给这座城市带来多大的灾难！不去关心现代文明怎样战胜飓风！反倒对这场严重危害人民生命财产的野蛮的风感到一种'疯狂的快乐'，并为飓风突然消失没能满足他的野性的疯狂而深感遗憾……这少年是不是也有点'病态'"；而刘绪源认为，可以从审美的角度去看待这种少年心绪，而不必从"正面教育"的价值去评价。在班马"激动"的文字面前，周晓波是十分科学、理性的，但是小说中的男孩心绪的失落，是建立在人类凭借技术和自然搏斗的过程给人的战栗的快感基础之上的，这里并不缺少科学理性的力量美感，只是小说结尾的转折让失落的少年心绪跌宕出了更丰富的审美味儿。

就这些寻根小说的思想根底而言，吴俊认为："事实上，'寻根文学'的观念并非由本土的传统文化资源所提供，而是由域外的现代主义思潮武装起来的。只是话语方式变得'中国化'了，特别是以'中国经验'的表达方式取代了赤裸裸的'西方口吻'。但其价值立场其实并无彻

---

① 刘绪源：《你好，野蛮的与文明的风——班马近作读后》，《儿童文学选刊》1988年第1期。周晓波：《班马小说的意念性与象征性质疑》，《儿童文学选刊》1988年第3期。刘绪源：《我与周晓波的分歧——关于班马小说的几点补充意见》，《儿童文学选刊》1988年第5期。

底或自觉的改变，西方文化乃是'寻根文学'的思想和精神教父……说到底，在'寻根文学'高涨时，整个中国文学都尚未具备'反思'现代主义、现代化、现代性及西方文化之类概念和思想的自觉意识与能力。中国文学（包括中国思想——吴俊注）在某种程度上还处在（不能不——吴俊注）被（西方思想——吴俊注）'殖民'的时代，甚至，这种'被殖民'状态很大程度上还是自觉自愿的。"①当时，对于儿童文学中的这股"神秘"潮流，评论家们也主要持肯定的态度，赞扬其文学探索精神，也会借用西方文学理论去辨析"神秘范畴"等寻根小说现象。②

　　而外来儿童文学对寻根小说、对 20 世纪 80 年代中国儿童文学的影响，从外部环境到创作者们的文学宣言，再到文学文本，都可以清晰地看到。"文革"结束后，随着中国少年儿童出版社《儿童文学》，少年儿童出版社《少年文艺》、《巨人》，人民文学出版社《朝花》，江苏人民出版社《未来》，海洋出版社《科幻海洋》，科学普及出版社《科幻世界》等儿童文学发表"基地"的相继复刊和推出，与"伤痕"儿童文学近乎同时出现的还有大量译介儿童文学作品。

　　例如，《朝花》、《未来》、《科幻海洋》、《科幻世界》等儿童文学丛刊中，译介儿童文学的作品在量上几乎都与原创作品相等，常各占略多于 1/3 的版面，涉及美国、苏

---

① 吴俊：《关于"寻根文学"的再思考》，《文艺研究》2005 年第 6 期。
② 如吴其南《他们开辟了少儿文学的新边疆——"探索性"少儿文学之探索》，《温州师范学院学报》（哲学社会科学版）1991 年第 2 期。吴其南：《作为审美范畴的神秘及其在新时期少儿文学中的表现》，《温州师范学院学报》（哲学社会科学版）1992 年第 2 期。王泉根：《中国新时期儿童文学的深层拓展》，《北京师范大学学报》（人文社会科学版）2000 年第 4 期。

联、法国、英国、日本、意大利、墨西哥、西班牙、新加坡、缅甸等国家，包括了诺索夫、罗大里、新美南吉、斯坦贝克、阿西莫夫、玛丽·雪莱等人的作品。《童话》丛刊第 2 辑①中就有法国童话《旱獭维琪的故事》（严大椿摘译）、德国童话《狐狸和螃蟹》（杨向如译）、马达加斯加民间童话《水手贝昂迪亚克》（张智庭译）这样来源广泛的摘译童话作品。《科幻海洋》、《科幻世界》丛刊中，美国、英国、日本等国的科幻作品，西方科幻文学创作动向如世界科幻小说协会（World Science Fiction Society）、"星云奖"、科幻电影、主要作家生平与创作等，都很及时地得到了介绍。《科幻世界》第 3 辑②，还节选发表了日本研究者石川乔司的《日本科学幻想小说史初探》一书。按照出版时间仔细排列，可以看到其中去阶级斗争的政治意识形态的过程，是起伏不定的。《朝花》第 4 辑③里《红马驹》、《斯蒂文森儿童诗选》等作品中，阶级斗争的政治意识形态几乎绝迹。同一年出版的第 5 辑④中，资本主义社会中贫苦人物再次成为集中关注的对象，所选择发表的小说《弃儿》、《五块美元的微笑》，阶级对立手法与十七年小说无异，极度渲染西方社会中的贫困现象。

李杨认为："中国当代文学不仅仅包括创作，还应该把翻译包括在内。虽然是外国作品，但翻译成汉语，就是一种再创造。所以不应该割裂外国文学与中国当代文学，其实这两者一同组成了当代性，一同构成了'当代文学'

---

① 《童话》第 2 辑，新蕾出版社 1981 年版。
② 《科幻世界》第 3 辑，科学普及出版社 1982 年版。
③ 《朝花》儿童文学丛刊第 4 辑，人民文学出版社 1981 年版。
④ 《朝花》儿童文学丛刊第 5 辑，人民文学出版社 1981 年版。

这个概念。"① 在这些译介作品的语态、用词上，还可以看到的正是和当时原创作品之间一致的地方。可见译者与其生存的社会结构所具有的共生性。同时也要看到，原创儿童文学正是在与这种译文语态的互动中，实现各自的更新，成为一种从技巧和艺术形式逐渐到思想和价值立场的动态、发展的精神动向。前文所论之"先锋"亦是在这种不断撞击中成其为先锋的。

从整体层面上来看，正面、积极的对外态度和看法越来越成为儿童文学工作者们的共识。1978 年 10 月 11 日至 21 日，被认为是"整个儿童文学事业，包括理论研究事业出现转折的一个契机和标志"② 的全国少年儿童读物出版工作座谈会在庐山召开，冰心的书面发言指出："我只想到一件事，就是我们的图书馆或少年宫是否也可以向国外订购一些外文儿童读物？特别是关于科技的，浅显的青少年可以自己阅读，艰难些的可以请人翻译。国外有些儿童读物教材比较广泛，图画也很活泼，取其精华，去其糟粕，也是'借鉴'，或洋为中用之一法。是否有当，请考虑！"③ 从冰心个人价值取向来看，我们可以看到随着外交政策和国际形势的转变，异国文学或人物在作家笔触中的形象亦随之而舞动。《三寄小读者》④ 中，冰心再一次回忆起了"波光潋滟的慰冰湖"畔的好老师、好同学。正如中

---

① 李杨、白培德：《文化与文学：世纪之交的凝望——两位博士候选人的对话》，国际文化出版公司 1993 年版，第 240 页。

② 方卫平：《中国儿童文学理论批评史》，江苏少年儿童出版社 1993 年版，第 357 页。

③ 谢冰心：《儿童读物出版工作的新长征开始了》，载《儿童文学研究》第 2 辑，少年儿童出版社 1979 年版。

④ 冰心：《三寄小读者》，少年儿童出版社 1981 年版，内含《寄小读者》、《再寄小读者》、《三寄小读者》。

美之间外交关系的蜜月一样，在复归的温情文字里，冰心走入了自己母校美国威尔斯利大学来北京访问的"姑娘"们中间。在 1959 年 7 月 7 日所写的《再寄小读者·通讯十一》中，美国还是一个"对于国内一千七百多万黑种人的歧视和迫害，已经到了多么严重的地步"的国家。

在茅盾 1978 年 12 月 27 日会见中国少年儿童出版社《儿童文学》编辑部、文学读物编辑部和《中国少年报》联合举办的儿童文学创作学习会全体学员的讲话的简短发表稿中，提到的具体作品有《无猫国》和《昆虫记》，并认为当时"十分需要像法布尔的《昆虫记》那样的作品……现在感到适合于儿童的文学性读物还是很少。七十年前，商务印书馆编译的童话如《无猫国》之类，大概有百种之多，这中间五花八门，难道都不适合我们这时代的儿童么？何不审核一下，也许还有可以翻印的材料"①。在第二次全国少年儿童文艺创作评奖授奖大会上，周扬在讲话中也明确地提出："丹麦出了一个安徒生，赢得了世界的、不只限于少年儿童的广大读者。我们中国也要有自己民族的、社会主义的安徒生！"②

1982 年 2 月，在湖南少年儿童出版社成立大会后的讲座上，陈伯吹、任溶溶、葛翠琳、郑文光都不约而同地用国外儿童文学作品，主要是苏联儿童文学作为正面例子，来阐释儿童文学更丰富的内涵。③ 樊发稼在因无法出席

---

① 茅盾：《中国儿童文学是大有希望的——中国文联副主席、中国作家协会主席茅盾同志一九七八年十二月二十七日会见儿童文学创作学习会全体学员时的谈话》，载《儿童文学》编辑部编《儿童文学创作漫谈》，中国少年儿童出版社 1979 年版。

② 周扬：《为了未来的一代——在第二次全国少年儿童文艺创作评奖授奖大会上的讲话》，载第二次全国少年儿童文艺创作评奖委员会办公室编《儿童文学作家作品论》，中国少年儿童出版社 1981 年版。

③ 《作家谈儿童文学》，湖南少年儿童出版社 1983 年版。

《儿童文学》召开的外国儿童文学座谈会而给谷斯涌写的信中也认为："我想，在刊物上发表翻译作品，目的（作用）不外乎有二：一是直接供广大少年读者阅读欣赏，二是供我国儿童文学作者借鉴。从你们刊物的读者对象考虑，第一个目的当然是主要的、基本的，但是，对后一个目的我以为也不可忽视。也就是说，通过发表译作，不仅可以使我们的作者获得关于外国儿童文学的某种信息，而且作者本身应有助于我们开阔艺术视野，从中吸取有益的东西，比如说，在构思、艺术表现手法等方面，会对我们有所启迪。"[①]

刘厚明也从 80 年代广为谈论的人道主义出发，思考安徒生的积极意义："安徒生是一位进步的资产阶级作家，他并没有什么阶级观点，他写《卖火柴的小女孩》，只是出于他那颗善良的、温柔的心。刘倩倩和许多中国孩子，从中接受的，也是安徒生那种善良的感情的感染，从而在他们精神世界里增添了某些高尚的东西。这件事说明，不应把人道主义仅仅当做资产阶级的专利，在我们建设社会主义精神文明的事业中，也应该把这面旗帜举起来！"[②]

夏有志也回忆了当时对外国儿童小说的学习过程。"我当时对儿童文学的评价，和成人文学比，就好比跳高，成人文学我认为横竿在一米九，儿童文学我当时认为是一米六。为什么呢？当时我在北京图书馆，把所有的《儿童文学》《儿童世界》《少年文艺》看完了以后，就包括当

---

①　樊发稼、谷斯涌：《关于译介外国儿童文学的通信》，载《儿童文学研究》第 17 辑，少年儿童出版社 1984 年版。

②　刘厚明：《儿童文学的人道主义主题——编余札记之五》，载《儿童文学研究》第 21 辑，少年儿童出版社 1987 年版。

时一些著名的作家作品，我一看，比起成人文学来，水平还有差距。后来在儿童小说创作上开始慢慢入门，一个是参加《儿童文学》办的那个讲习班，一个是时任上海《少年文艺》主编的任大霖送给我的两本黑皮书《外国儿童小说集》，上下两册，我才知道什么是儿童文学。你看日本人写的那个马，还有一个孩子为了看一场演出拼了命地干活，等演出正式开始，居然累得睡着了，跟我过去所知道的中国的儿童文学不一样。"[①] 这都是 80 年代外国儿童文学在中国的影响力的鲜明例证。

从理论研究的角度出发，贺宜提出了向外国儿童文学学习中的必要的选择性。他认为，"现在又像建国初期一样，出现了一股介绍国外儿童文学作品的热闹的景象。由于各地的儿童报刊及出版儿童读物的机构多了不少，所以，虽然在数量上各地发表的国外儿童文学作品还不算多，但是相加起来，绝对数字就不见得比建国初期少……我们有些同行迷信国外的儿童文学作品，以为凡是介绍过来的儿童文学作品都应该接受过来，加以仿效和学习。有时为了证明自己的正确，往往理直气壮地说，某个外国的某个作家也是这么写的，或者说，某国的某作家也是这么说的。我们应该从一些儿童文学大师和许多优秀的外国的儿童文学作品学习一些好的经验和思想，但是不能把凡是外国的儿童文学都当作是我们学习的范例。拒不学习人家好的经验，固步自封，当然不利于我们儿童文学的发展和提高，但是无选择地照搬人家的经验，甚至人家流行什么，我们也学什么，那也是有害无益的。我们要善于学习

---

① 夏有志、孙玉虎：《夏有志回来了》，《文艺报》2012 年 2 月 3 日第 5 版。

和鉴别，认真地观摩那些好的作品，特别要认真地学习一些造诣很深、贡献很大的儿童文学大师们的经验，运用这种经验，在创作上有选择地加以运用和发展"①。但是，尽管有这样的看法，在改革开放的大背景下，儿童文学领域的对外学习，几乎是 80 年代儿童文学界的一个共识。国外儿童文学作品中也是这样写的，几乎是论争中先锋儿童文学支持者的一个比较灵验的"法宝"。

外来文学、文化的影响，没有仅仅停留在纯粹观念、理论探讨的层面，而是渗透到了很多小说文本之中。一种是外国文学作为小说文本中的明显意象出现。语文老师小舅舅在课堂上朗读的《爱的教育》，给了小渡关于爱和施舍的最初启蒙（《小渡》②）。男孩儿阿年在读了独醒的日记后，无意中偷听到了《海的女儿》的感觉，"阿年听入神了，他从来没听过这样的故事，这小人鱼怎么那样渴望变成人呢？做一个人有这样的伟大和幸福吗？……阿年想哭，他的心变软了。他抬头望望黑洞洞的弄堂，心里洋溢着一种从未体验过的神秘而宁静的感情。哦，这五〇一弄，这五〇一弄"（《墙基》③）。《乱世少年》④ 中的刚满14 岁的"我"在"逃亡生活"的野外，还想起了"中学语文老师，曾给我们学生解释一个词儿，叫'罗曼蒂克'。那时，我似懂非懂，解释为流浪和漫游的意思。现在，我想起此刻的生活，真有点罗曼蒂克的味道呢"。"我"还常常用《金银岛》中的独脚海上漂西尔弗来比拟"造反派"

---

① 贺宜：《对外国的儿童文学要注意什么》，载《小百花园丁随笔》，少年儿童出版社 1986 年版。

② 梅子涵：《小渡》，《少年文艺》（上海）1986 年第 6 期。

③ 王安忆：《墙基》，《钟山》1981 年第 4 期。

④ 萧育轩：《乱世少年》，少年儿童出版社 1983 年版。

海正标。而海正标看旧小说和外国文学的"瘾头很大,有时一个晚上可以不睡觉,躺在床上看;有时看得入迷了,他就拍着大腿,迭声叫'妙!'"朱效文的《与敏豪生比吹牛》① 挪用了《吹牛大王历险记》里的敏豪生的名字和吹牛特性,让唐刚刚的吹牛得以与这部外国文学名著呼应。

另一种是"仿效和学习"。严文井和周晓的看法还仅是停留在理论思辨的层面,并不是创作实践,认为"安徒生的童话,由于时代不同,国家不同,他的有一些童话是我们不容易看懂的。但他的语言好。就是通过翻译,我们也还能看出他作品的语言是非常生动,非常形象,非常优美,会深受广大儿童喜爱的。但他却没有故意做作的'儿童腔',这一点很值得我们借鉴和学习"②,"当前儿童小说的创作题材,较之过去,不待说是广阔多了。但在艺术表现上,我总觉得作者们的创作思想,似乎还受到某些束缚,所采用的艺术'路数'还不多……一个感觉是,看来由于对儿童文学的社会功能的理解还只拘泥于教育作用一点上,作者们创作时想象的翅膀飞得还不够高……我并非提倡对外国作家亦步亦趋,而是想提出这么一个问题:可不可以从此得到启发,在寻求新时代、新思想的新表现方面探索多种多样的艺术手法,让我们的儿童小说作者在大胆幻想方面也一试身手呢?——哪怕日后有可能爆发类似'皮皮论战'这样的争论,我看也没有什么坏处"③,强调

---

① 朱效文:《与敏豪生比吹牛》,《童话报》1985 年第 3 期。
② 严文井:《儿童文学写作浅谈》,载《儿童文学》编辑部编《儿童文学创作漫谈》,中国少年儿童出版社 1979 年版。
③ 周晓:《进步与进展——近年来儿童文学创作的发展片谈》,载周晓《儿童小说创作探索录》,广东人民出版社 1983 年版。

和希望人们能看到他们所读到的外国儿童文学可资借鉴的地方。需要分辨的是，"有时为了证明自己的正确，往往理直气壮地说，某个外国的某个作家也是这么写的，或者说，某国的某作家也是这么说的"的过程中，比较文学研究者常谓的"可比性"到底在哪里。"仿效和学习"的分析中，有作家会说自己并没有读过多少外国文学作品，以此来强调自己的独创性，逃避模仿、抄袭外国儿童文学名家的嫌疑。例如，郑渊洁就说："我看的文学书实在少得可怜，写作 20 年来看完的文学书不超过 5 本。这不是我的缺陷，而是我的优势，我不知道别人是怎么写的。如果知道，可能潜移默化的就受影响了。要说什么书对我影响最大，就是《现代汉语词典》，我翻烂了很多本，因为我不认识的字太多了。"① 然而也有研究者记得，"在 20 世纪 80 年代，郑渊洁明确地在第二次全国少儿创作会议上表示要以创作出像林格伦笔下那样的童话为目标"②。在这扑朔、晦暗的对外态度中，"可比性"又如何更有效而又宽容地得到理解？安徒生在他的手记中也曾说过："在我写完《祖母》后，有人对我指出我的这篇故事与德国诗人勒脑（Lenau，1802—1850，德国抒情和叙事诗人——叶君健注）写的一首诗很相像。后来我找到那首诗来读，的确很像。这首诗最初发表时我引了这首小诗作为引言，以说明我知道两篇作品相似，但我不认为我应该因此就消灭我

---

① 郑渊洁口述、吴虹飞整理：《郑渊洁：真实的童话大王》，《出版参考（中旬刊）》2004 年第 1 期。

② 徐敏珍：《北京新时期儿童文学研究》，载王泉根主编《中国新时期儿童文学研究》，河北少年儿童出版社 2004 年版。

自己的作品。"①

专长于外国儿童文学研究的韦苇，在推出《世界儿童文学史概述》②一书之外，也陆续发表了《支撑英国儿童文学黄金时代的一根柱石——卡洛尔和他的〈爱丽丝漫游奇境记〉》③等外国儿童文学研究文章，汤锐也有《比较儿童文学初探》和《中西儿童文学的比较》面世④。《外国文学研究》杂志也陆续刊发了《日本儿童文学中的童心主义》等儿童文学研究系列文章⑤，其中留学日本学习儿童文学的王敏还写了《日本儿童文学一瞥》、《日本的儿童文学》等文⑥，梳理日本儿童文学的发展历史。此外，也可见《论外国儿童文学对中国现代儿童文学的影响》、《安徒生童话创作思想和艺术特色》、《战后日本儿童文学的变

---

① ［丹麦］安徒生：《安徒生童话全集》，叶君健译，清华大学出版社 2010 年版，第 438 页。

② 韦苇：《世界儿童文学史概述》，浙江少年儿童出版社 1986 年版。

③ 《支撑英国儿童文学黄金时代的一根柱石——卡洛尔和他的〈爱丽丝漫游奇境记〉》，《浙江师范学院学报》（社会科学版）1984 年第 4 期。《安徒生童话温暖的人道主义及其他》，《烟台师范学院学报》（哲学社会科学版）1986 年第 1 期。《西方儿童文学史研究五题》，《浙江师范大学学报》（社会科学版）1990 年第 2 期。《安徒生世界之我探——安徒生研究之二》，《浙江师范大学学报》（社会科学版）1990 年第 4 期。［俄罗斯］柳德米拉·勃拉乌苔：《反顾你的童年时代——林格伦访问感得录》，韦苇译，《浙江师范大学学报》（社会科学版）1990 年第 4 期。

④ 汤锐：《比较儿童文学初探》，湖北少年儿童出版社 1990 年版。汤锐：《中西儿童文学的比较》，《浙江师范大学学报》（社会科学版）1990 年第 4 期。

⑤ 王敏：《日本儿童文学中的童心主义》，《外国文学研究》1986 年第 3 期。佟希仁：《论斯蒂文森儿童诗的美感》，《外国文学研究》1989 年第 2 期。《欧美儿童文学的历史里程碑》，《外国文学研究》1990 年第 2 期。席慕蓉：《美国作家谈儿童文学创作》，《外国文学研究》1990 年第 4 期。克冰：《马克·吐温——深谙儿童心理的艺术大师》，《外国文学研究》1991 年第 1 期。高仕：《唐娜·E.诺顿与儿童文学，兼对发展中国家的启示》，《外国文学研究》1991 年第 2 期。

⑥ 王敏：《日本儿童文学一瞥》，《外国问题研究》1983 年第 3 期。王敏：《日本的儿童文学》，《外语与外语教学》1986 年第 2 期。

革》、《略论苏联儿童文学发展的两大阶段》等①为数不少的比较儿童文学与世界儿童文学的研究文章。这都为 20 世纪 80 年代中国儿童文学国际视野的拓展，提供了较为系统的参考。

中外儿童文学的比较，还涉及文学发展环境。除了前文引述的刘厚明对文学奖项设置的比较外，樊发稼也从经济实力、文学制度的角度，切实比较了儿童文学作家生活状况的差异。"在苏联，出版一本 15 万字左右的儿童文学作品，作者所得的稿酬可购买一辆小轿车；有的国家（如捷克）每年出版的图书中有三分之一是少儿读物（我国仅为十分之一左右）……拿对儿童文学的奖励来说，苏联每两年给有突出成就的儿童文学作家颁发一次'列宁奖金'，奖金额高达 1 万卢布（约合 15000 美元）；每年颁发一次'苏联国家奖金'，奖金为 5000 卢布，除奖金外，还授予'国家奖金获得者'称号、证书及奖章……我国建国 40 年来仅举行过三次全国性儿童文学评奖，1980 年举行的时间跨度为 25 年的第二次评奖，一、二、三等奖的奖金分别为 300 元、200 元和 100 元；去年中国作家协会举办的全

① 王泉根：《论外国儿童文学对中国现代儿童文学的影响》，《浙江师范学院学报》（社会科学版）1983 年第 3 期。林长路：《英、美儿童文学的昨天和今天》，《外国语文教学》1985 年第 1、2 期合刊。马征：《展示青少年道德美的成功尝试——评苏联当代儿童文学作家阿列克辛的创作》，《青海民族学院学报》（社会科学版）1985 年第 3 期。于沛：《法国儿童文学探源》，《法国研究》1986 年第 2 期。周小波：《中西流浪儿小说的发展和比较》，《浙江师范大学学报》（社会科学版）1988 年第 4 期。刘守华：《东西方民间叙事之比较——读〈意大利童话〉》，《外国文学研究》1989 年第 2 期。叶君健：《安徒生童话创作思想和艺术特色》，《黄冈师专学报》1990 年第 2 期。朱富扬：《马尔夏克和他的抒情诗》，《青海师专学报》1989 年第 2 期。朱自强：《战后日本儿童文学的变革》，《东北师范大学学报》（哲学社会科学版）1991 年第 6 期。周忠和：《略论苏联儿童文学发展的两大阶段》，《河南大学学报》（社会科学版）1991 年第 2 期。李万春：《50—80 年代苏联少儿文学概观》，《苏联文学联刊》1992 年第 3 期。

国优秀儿童文学奖,绝大部分获奖者仅得奖金 500 元。"①
樊发稼所期许的儿童文学占总体出版比例的跃升和作家生
活的改善,经历后来的商业化出版的洗礼,渐成事实。虽
然全国性儿童文学评奖的"原始"奖金有限,但是作家因
此而获得的隐形社会资产,却远不止于此,更何况其中一
些适合商业出版口味的作品的作者,同时也成了出版市场
竞争中的获利者。尽管张秋林在 1986 年访问日本归来后,
就已经深切地感受到②,市场经济环境下日本出版社"在
激烈竞争中","形成自己的特色","竞争就是斗法,有
些做法是不便说出的";抓图书的质量,在图书常销中,
降低成本、提高利润;而且还详述了日本出版界对儿童图
画书的重视和深刻认识。少儿出版板块的成长,乃至成为
非少儿社也竞相参与逐鹿的战场,还是进入 21 世纪以后
的事。就像海飞所说的:"进入 21 世纪以来,中国童书出
版出现了一个辉煌的'黄金十年'……连续十年以两位数
增长,成为整个出版界最具活力、最具潜力、发展最快、
竞争最激烈的板块,成为一支拉动并提升中国出版业发展
的领涨力量。"③ 在这一所向披靡的"童话"进行曲中,各
路儿童文学作家及出版社利益的再分配、收入差距的扩
大,也影响了创作、出版"风潮"的流变,乃是文学价值
评判的依据和过程。

---

① 樊发稼:《中国儿童文学发展史概述》,载尹世霖、马光复主编《献给未来的儿
童文学作家》,北京少年儿童出版社 1992 年版。
② 张秋林:《日本儿童图书出版观感》,《出版工作》1987 年第 10 期。
③ 海飞:《中国童书出版新变化》,《编辑之友》2015 年第 9 期。

结　语

　　在写作过程中，常有人问起，能否用一两个词概括 20 世纪 80 年代的儿童小说，能否简明扼要地概述这一时期儿童小说的发展。这让笔者去思考在小说思潮、小说形态的变迁中，是否有一种迥异于今天的共同的时代特征和精神，存在于这些文字里。

　　在电脑、手机抑或依然还有电视、广播填满我们的生活的今天看来，那个还没有电脑和手机的年代，每天要空出多少今天已经被智能手机和电脑牢牢占据的个人时间。或许这些时间中的一些部分，真的会被那时的人们用来阅读文学。在面对面吃饭都可以顾自玩手机不用说话的今天，阅读的场景是多么难以企及。离开"要紧"的短信、电话，离开智能手机里配以短小文字的图片，甚至常常让许多人觉得犹如吸烟者离开烟一样，无法生活。而在那个年代里，文学或许就在这些时间里走进当时一部分人的真实生活。所以，那些意气风发的文学论争与探索，才被那么多人所关注，才有那么多人真的"相信"。这或许是笔者在完成 80 年代儿童小说跋涉之旅之后，一个最原初的感觉。

　　记得每次拿着一本本积满灰尘、纸张已变为深褐色的书走向借书处的时候，都不免会担心其中的几本，当年在被录入图书馆书籍数据库的时候，被误操作成了不可外借。每次遇到这样的情况，借书处的那几位老师，都要手动地更正信息，再借出。有一次还好心地问笔者，老是借这些书，是在做家教吗？可见在图书馆信息化管理后的十多年里，从来没有人借过它们。它们上一次被翻阅，应该已经不知道是什么时候了。

这如同一个隐喻，让我们看到看似离我们很近的 80 年代，其实已经渐渐地离我们远去了。今天开始走入社会的"80 后"们就出生于这个年代，但其实只是出生，只是以 80 年代为名而已，那十多年里的很多事情发生在我们有记忆之前。当我们今天着急地讨论一些问题的时候，那个紧邻我们的时代里，人们对此问题的关注常常已在我们的视野之外。出现在今天的各种选集里的 80 年代儿童小说，往往也只有那么几篇。一提到那个年代，也常被几个高度概括的概念统摄。

当文学史研究启动时，总是会试图从这样的聚焦抑或遗忘、遮蔽中出走，会想去那些纸质已经脆弱的书中，看看那时人的想法。甚至，文学史、小说史研究也会因为对文学作品、文学评论"元叙事"的关注而"芜蔓"成某种程度的文化研究。

如果说这都是人类对远离当下的"新"、对原本光滑的历史叙述中的异质的一种天然的"喜新厌旧"般的喜好的话，其实还无法否认，本书对小说史的叙述仍然在"改革开放"的宏大叙事下进行。无论是观念的争论，还是社会意识、社会生活的变迁，我们都必须认可其实都是在影响我们每个人生活进程的"改革"之路中行进的。